U0459003

经典写作课
WRITING

自我意识与反讽

Selbstbewußtsein und Ironie
Frankfurter Vorlesungen

〔德〕马丁·瓦尔泽　著
Martin Walser

黄燎宇　译

人民文学出版社
PEOPLE'S LITERATURE PUBLISHING HOUSE

著作权合同登记号　图字 01-2021-2394

Martin Walser
Selbstbewußtsein und Ironie
Frankfurter Vorlesungen
Copyright © Suhrkamp Verlag Frankfurt am Main 1981
All rights reserved by and controlled through Suhrkamp Verlag Berlin.

图书在版编目（CIP）数据

自我意识与反讽 /（德）马丁·瓦尔泽著；黄燎宇译.
—北京：人民文学出版社，2021（2024.1 重印）
（经典写作课）
ISBN 978－7－02－016896－5

Ⅰ.①自…　Ⅱ.①马…②黄…　Ⅲ.①讽刺文学-文
学研究　Ⅳ.①I0

中国版本图书馆 CIP 数据核字（2020）第 253310 号

责任编辑　朱卫净　邰莉莉
封面设计　钱　珺

出版发行　人民文学出版社
社　　址　北京市朝内大街 166 号
邮　　编　100705

印　　刷　上海盛通时代印刷有限公司
经　　销　全国新华书店等

字　　数　110 千字
开　　本　889 毫米×1194 毫米　1/32
印　　张　6
版　　次　2021 年 12 月北京第 1 版
印　　次　2024 年 1 月第 2 次印刷

书　　号　978-7-02-016896-5
定　　价　45.00 元

如有印装质量问题，请与本社图书销售中心调换。电话：010－65233595

如果我和众人身处一间屋子，我无需凝神思考头脑中涌现的灵感，那却并不意味着我复归自身，周围每一个人的自我都朝我压迫过来，我瞬间被击垮——不仅仅在人群中间是如此，养育孩童亦类似。

——约翰·济慈

目录

1. 现实中的浪漫反讽

　　十八世纪的九十年代，也许是我们德国人纸上谈兵的历史上最有趣的十年。纸上谈兵，是因为缺乏现实可能性；纸上谈兵只是一条通向现实的迂回之路。在当时，这几乎司空见惯。有的事情已经时机成熟，却水到渠不成，所以它变成一种意识，暂时作为意识存在，直到它最终发挥影响。让这十年激荡不平的，是法国大革命。革命之前，人们高谈阔论长达半个世纪之久。其话题是人类自我完善的可能性，有人还宣布人类将走出咎由自取的被监护状态。话音刚落，隔壁就走出来了。于是，人们或是受到鼓舞，或是深感厌恶，或是二者兼有。若有必要，我们可以根据昔日留下的白纸黑字制作各类联名书，将昔日的知识分子划分为赞成派和反对派，或者是在这跌宕起伏的十年里从革命走向反革命的第三派。弗里德里希·施勒格尔喜欢用烟花绽放、火星乱窜的断片表达思想。在这十年即将结束时，他在一则断片中总结道："法国大革命、费希特的《全部知识学的基础》、歌德的《威廉·迈斯特的学习时代》是这个时代的三大趋势。谁对我们将三者相提并论持有异议，谁对悄无声息的和非物质的革命不屑一顾，谁就尚未把自己提升达到人类历史达到的新高度新广度。即便是在我们贫乏的文化史上，也有过一些喧嚣的大众不太留意的小书，这些小书却比大众所做的一切都更为重要。"[1] 在这十年里，没有谁比弗里德里希·施勒格尔更为频繁地使用"革命"一词。

他的第一本书（写于1795年，发表于1797年）题为《希腊文学研究》，其研究重点几乎都在现代文学。当时的现代文学，是指从但丁到当代的文学。他将"客观描写"奉为文学圭臬。他把客观等同于美，把"矫饰"和"单纯的有趣"定义为客观的对立面。他认为，歌德作品"已真正实现客观描写"；由此，"审美教育已进入新阶段"，而新阶段只能通过一次"物理意义上的革命"重新摧毁[2]。相反地，那种被施勒格尔称为"伟大的道德革命"的事业必须进行下去，以便自由借助教育战胜自然。如果人们能够躲过"物理意义上的革命"。

启蒙思想家有关人的无限完善的可能性的理论再好理解不过，他写道：可是"一旦将其用于历史就可能引起最严重的误解……"[3]。他大力宣传教育。他处处看见"对客观表达的需求蠢蠢欲动"[4]。"进行一场重要的美学教育革命的时机似乎已经成熟，这场革命将使客观表达在现代人的审美培养中占据统治位置。"[5] 他写道："一部完美的审美立法将是这场审美革命的第一份机关报。"[6] 这个二十三岁的年轻人已经找到自己在新时代所扮演的角色："我们不用为现代人四处寻觅美育的立法力量。它已经确立。这就是理论。"[7] 这应该是"一种客观的美学理论"[8]。它的榜样就是"希腊文学自始至终的客观性"[9]。现代文学可以一如既往地追求个性，但它还应"发现希腊人在个性中保持客观的秘密"[10]。这种艺术要为教育服务，应该允许人们做道德、审美和思想判断，但"政治判断是一切视角中的最高视角"。但是一切政治思想都"仿佛必须努力让自身成为多余"[11]。康德创造了条件，我们可以首次期待美学理论得出"主观的结论"[12]。他一再强调："发动一场重要的美学教育革命的时机已经成熟。"[13] 更为重要的是：一年前费希特的《全部知识学的基础》出版了。施勒格尔写道："……自从费希特发现批判哲学的基础之后，就有了一个可靠的原则，可以对康德实践哲学的基础进行纠正、补充或者将其付诸实践。对于建立一个实践和理论美学科学的客观体系的可能性，人们再也无法提出合理的怀疑。"[14]

　　1797 年，这篇论文作为小册子单独出版。同年，施勒格尔在《美艺术学苑》发表了他论述格奥尔格·福斯特①的文章。革命一词在这篇随笔里面出现的频率小多了，尽管福斯特是政治上最最活跃的德国作家，还作为革命家参加了法国大革命。稍早前福斯特在巴黎去世，享年三十九岁。施勒格尔将他誉为"具有社会责任感的作家"，他盛赞福斯特的

① 格奥尔格·福斯特（Georg Forster, 1754—1794），德国自然历史学家、探险家、民族学家、旅游作家、记者与政治革命家。

"自由进步精神"，还有福斯特的见多识广——在当时的德国
可谓独一无二 [15]。因为福斯特在十八岁到二十一岁的时候参
加过詹姆斯·库克 ① 的世界航海历险，后来他先用英文、后
用德文对航海探险经历进行了描绘。谈到福斯特的革命书籍
的时候，施勒格尔总是把革命称作"道德世界中最可怕的一
种自然现象"。尽管他承认革命"好像是世界公民的头等大
事"，但他暗示，吸引福斯特做"观察思考"的，与其说是
革命的政治特性，不如说是革命过程的戏剧性 [16]。

　　人们有可能觉得施勒格尔在为福斯特说话，因为福斯特
的口碑比当时任何一个德国知识分子都糟。连荷尔德林都因
同情法国大革命而遇到麻烦，一个真正的雅各宾派的下场可
想而知。福斯特1793年曾任美因茨雅各宾俱乐部的主席。
他想在德意志大地建立革命政权，他还参加了莱茵河—德意
志国民议会的议员选举，成为国民议会的副议长。随后他受
国民议会的委托前往巴黎，向法国人陈述把美因茨议会变成
法国国民议会的地方议会的理由。

　　对于福斯特的革命言行，弗里德里希·施勒格尔只字不
提。他对福斯特的介绍很抽象。他把福斯特描绘成自由之
友，描绘成一个要求"资产阶级的司法体系具有公开性" [17]
的人。他认为福斯特有"真正的道德品性"。他把福斯特描
写成一个对专制政权保持警惕的人。只要专制政权把幸福强

① 詹姆斯·库克（James Cook，1728—1779），英国皇家海军军官、航海家
　与探险家，曾三度前往太平洋探索。

加于人，他就表示反对。

可以说，施勒格尔为自由派的人物特写艺术树立了典范。即使在如今的联邦德国，有善意的自由派在描写一个社会主义者的时候依然会说，他虽然没觉得这位社会主义者对《基本法》的理解与他或者与众人一样，但如果仔细琢磨，这位社会主义者依然是民主制度的拥护者。今天《基本法》对于我们的意义，就是"道德品性"对于那个时代的意义。如果福斯特是"有德之人"，他加入美因茨的雅各宾俱乐部和他的极端写作的历史就不再是不可原谅的。而施勒格尔称他为"有德之人"[18]。这是一个大胆之举。一个进步之举。由于施勒格尔对福斯特本人充满同情和敬佩，由于他激情澎湃、下笔有神，所以他的文章读起来不像一篇小心翼翼的、不断进行自我审查的、不敢偏离机会主义小道一步的机巧之作。施勒格尔高调赞扬"充满社会意识的作家"福斯特，使人感觉到施勒格尔本人对公共生活、对公共领域的思想交流充满强烈渴望。

他的《希腊文学研究》就抱怨德国人缺乏"社交"生活、缺乏进行思想交流的公共领域和集体生活。"我们有七千个作家，德国却没有公共舆论的存在。"[19]施勒格尔对公众生活充满渴望。但是他的出发点和激进的民主主义者福斯特也许很不一样。二者的区别值得注意。福斯特对公共生活概念首先来自充满革命精神的巴黎。这座城市在1789年就新发行了两百份报纸。他在《巴黎风貌》中写道:"亲爱的朋友,抱歉,我一而再再而三地跟您聊这里的公共舆论;但它是革命的工具,同时也是革命的灵魂。"[20] 的确,福斯特写自巴黎的报道没有一页纸不讲述公共舆论如何富有影响、如何有益处、如何美好。福斯特见过如下场景:"早晨,女商贩们全都围着炭火读报;晚上,可以听见送水人、鞋匠、人力车夫扎堆儿议论国事和当下的举措。他们说话理直气壮,这说明相关的基本概念正确、清晰、深入人心。"[21] 说起德国,他非常地动情:"在你们的街谈巷议中,压根儿听不到民权这个概念。你只能在书本里看到,或者从牛皮大王的嘴里听到。在巴黎,民权直接来自公众舆论,是公众舆论的声音;你们这里情况相反,你们想变魔术似的拿书本变出一个公众舆论,然后再影响它。"[22] 在德国,当时的确如此。翻阅那个时代的书本,我们容易忘记一个事实:书中说的事情只可以在书里说。即便到了 1843 年,马克思还在致路德维希·费尔巴哈的信中写道:"书报检查令不会放过任何旨在反对神圣的谢林的东西。在德国,只是在篇幅超过二十一印张的书中才能批判谢林,而篇幅超过二十一印张的书就不是给人民写的书。"[23] 划分舆论范围是昔日的封建贵族的发明。这一发明旨在对付资产阶级。当需要阻止历史进一步发展的时候,资产阶级便保留了这一发明。公开发表的范围越大,公开发表的内容就越少。大学图书馆里总是应有尽有。

　　福斯特出生在但泽附近的纳森胡本 ①，父亲是一个贫寒的乡村牧师。弗·施勒格尔则不同。尽管他的父亲也是牧师，但是做到了教区的总监督。福斯特小时候亲眼见过父亲如何在大地主面前捍卫小农和佃农的权益。父亲带他去过遥远的俄罗斯腹地；老福斯特曾受命前往伏尔加一带考察垦殖的可能性。他在彼得堡控诉萨拉托夫 ② 的督军欺压开垦者，但他费力不讨好。他回到了普鲁士。然后再次带上已经十三岁的儿子去英格兰。福斯特父子和库克一起航海好几年，在世界各地考察良俗、恶俗以及可以改善的社会状况。父子俩还为此奋笔疾书；格奥尔格写了遐迩闻名的《环球航行记》。施勒格尔一家和福斯特一家都很有文学修养。据说老福斯特会十七种语言。施勒格尔的父亲约翰·阿道夫·施勒格尔在文学圈已经小有名气，他的伯父约翰·埃利亚斯·施勒格尔更是赫赫有名。施勒格尔兄弟考虑未来志向的时候，可能想到了父亲和伯父。施勒格尔的父亲是养尊处优的中产阶级牧师，福斯特的父亲是怀有学术抱负的乡村牧师，这一区别在孩子身上体现为不同的、具有典型意义的自我认识。二十八岁的福斯特在给友人施佩纳的信中写道："我在这个世界上只有一个愿望：光明磊落，死而无憾。如果想到自己亏欠他人，我会羞愧难当，无地自容；如果我现在死去，就会出现

---

① 今波兰格但斯克郊区的莫克雷德乌尔。
② 萨拉托夫（Sarratow）是今俄罗斯萨拉托夫州首府，位于伏尔加河下游，西北距莫斯科 720 公里。

这种情况。因为我的遗产所剩无几，我的债主们将收获甚少，甚至一无所获。我的另一个心愿，是为众人做点好事，为邻人的福祉做点实事。一个诚实的人，哪怕他有片刻时间思考自己和世界的关系，就会把这看作自己的义务。贫穷在这里也是一个无法克服的问题。您了解我的成长历程，您知道我接受了什么教育，知道我学了什么、没学什么，所以，如果我告诉您，尽管我不时地受到人们的赞扬，我却时刻保持着清醒，我知道自己一无所知，您不会认为我在夸大其词；因为有这样的自我认识，所以我的写作难以做到一气呵成。我写东西总是比别人多花三倍乃至十倍的时间，原因就在于此。"[24] 二十六岁的时候，他写信告诉这位朋友："我吃饭、喝水、睡觉、穿衣，全是他人的勤奋换来的，我还没法予以回报……怎么办？我享受了您的勤奋换来的果实，我现在只能最大限度地以自己的努力、勤奋和劳动进行回报。如果做到了这一点，我和世人之间就不再有任何交易关系，我自己的衣食住行例外。"[25]

福斯特可能并非天生特别敏感，而是阅历使然。乡村牧师的儿子有诸多相关体验。施勒格尔兄弟在相同年龄所做的未来计划是另一种风格。1797 年 10 月，弗里德里希二十五岁，他在给奥古斯特的信中描述自己的创刊计划："这份刊物不仅完全由我俩编辑，而且完全由我俩撰稿，不要常规的工作人员……你想想这多好，我们可以随心所欲，想写的就写，不想写的就不写。你这样的人还受《文学汇报》的约束，这不是罪孽和耻辱吗！……尽管我说不要常规工作人员，因为我们可以一切自己做主。但也可以破例：哪里出现高级的批评和论战杰作，我们就在哪里发现它们。凡是以崇高的放肆见长、对其他杂志太过优秀的文字，我们全都欢迎……我们的计划还有一个好处，这就是在评论界给自己树立足够的权威，以保证五年、十年之后我们成为德国的批评霸主，打垮《文学汇报》，创立一份完全以批评为己任的评论杂志。"26

很明显，一个首先觉得自己有罪而且卑微，另一个觉得天降大任于斯人，需要权势和权威，并且打垮竞争者。难怪弗里德里希提议把杂志取名《赫拉克勒斯》。奥古斯特·威廉不比弟弟低调多少，他想用宙斯的双胞胎儿子给杂志取名：《天神之子》。最后还是理性的出版商选择了一个更好的名称：《雅典娜神庙》。

1798 年，弗里德里希·施勒格尔二十六岁。此时的他，已在《雅典娜神庙》里炉火纯青地演示了反讽的相对化功能。在致诺瓦利斯的一封信中，他谈到一个宏大得不能再宏大的项目："但是我现在考虑出一本《圣经》，不是某种意义上的《圣经》，不是类似《圣经》的《圣经》，而是一本不折不扣的、完整意义上的《圣经》，是一部出类拔萃的作品，因为迄今为止的艺术品是大自然的产品……我想创立一门宗教，或者说为宣告它的到来出一把力。因为即便没有我，它也照样来，也照样一路凯歌……一百年来，人们都在谈论《圣经》文字的万能和类似话题。我想严肃对待这一事情，想把这些万能者的字字句句当真。这一计划将通过一本书来完成。人们不必对此大惊小怪。几大宗教所诞生的伟大作家——摩西、基督、穆罕默德、路德——都是一步一步地从政治家变为教师和作家……歌德加上费希特，这不是宗教是什么？"27

这个把革命推送到审美领域、把自己投射为批评独裁者的资产阶级少年变成了黑格尔所说的"反讽之父"。新式反讽之父。新式反讽的资产阶级版本之父。

1919 年，瓦尔特·本雅明在其题为《德国浪漫派的艺术批评概念》的博士论文中写道，从事这一研究，非澄清反讽概念不可，但是把这一工作限制在艺术范围内是可能的。本雅明阐述道："施勒格尔对反讽的不同论述可以区分出多种因素，在某种程度上讲，毫无矛盾地用一个概念来统一这些不同类型的因素是不可能的。对于施勒格尔，反讽概念具有核心意义，这不仅因为它与某些事实存在理论关系，而且更多是因为它只是表达了一种意图态度（姿态）。作为这样一种姿态，它并不着眼于某个特定事实，而是随时准备作为蠢蠢欲动的反对派与主流思想对抗，也随时准备做遮掩自己在主流思想面前无能为力的面罩。因此，人们不会高估反讽概念对于施勒格尔的个性的意义，但很容易高估它对施勒格尔的世界图景所具有的意义。最后，清楚地认识这一概念非常难。即便在它毫无争议地影射某些事物的时候，也不是总是可以轻易地断定它的具体指涉，断定具有普遍决定意义的事物就愈是困难。只要这些事物所涉及的不是艺术，而是认识论和伦理，我们就忽略不计。"[28]

　　瓦尔特·本雅明通过费希特哲学去研究施勒格尔。他在费希特这里发现了在早期浪漫派那里作为反思出现的东西。因此，批评就是通过反思使单个的艺术品臻于完美。譬如，当浪漫派文人用反讽摧毁错觉的时候，他摧毁了单个作品的形式，他由此把注意力引向艺术本身，即普遍事物。"反讽是艺术自我呈现的手段"，这是英格丽德·施特罗施耐德-科尔斯 ① 给反讽的这一功能下的定义[29]。本雅明和施特罗施耐德已经对浪漫反讽这一最为有名的效果进行了研究，我们没有必要做重复劳动。这个反艺术错觉的效果是最无争议的反讽效果。也是如今最少使用的效果。尽管如此，我们这个世纪的文学中所使用的反讽被称作浪漫反讽的后裔。譬如托马斯·曼。另一方面，弗里德里希·施勒格尔在评论《威廉·迈斯特的学习时代》时写道，人们不能因为歌德提到其主人公时"几乎没有不带反讽的时候"而产生错觉，看不出歌德依然有一种"最神圣的严肃"[30]。歌德使用反讽，不是为了摧毁错觉，不是为了瓦解单个作品的形式，并由此将单个的作品捧向绝对艺术领域。他在小说结构方面精雕细刻，制造错觉，以便把小说中的事件变成形式精美却非常逼真的

---

① 英格丽德·施特罗施耐德-科尔斯（Ingrid Strohschneider-Kohrs，1922—2014），德国语文学家，曾任波鸿大学近代德语语言文学教授。

过程。尽管如此，施勒格尔说，这是一种"悬浮在整个作品上方"的反讽[31]。

一定存在很不相同的反讽类型。自从施勒格尔发表其书评之后，《威廉·迈斯特的学习时代》就被贴上了反讽杰作的标签。施勒格尔是以如下方式如愿以偿的："小说一面大量使用层层叠叠的复合句，显得庄严肃穆、煞有介事，一面对自己会心一笑；它看似不拘小节、废话连篇，从句里假设的条件，原封不动地在主句里重新出现，它似乎什么都说、什么都想说或者——随机而定——恰恰相反；有时，被刻画或者喜剧化的主体沉浸在浓郁的诗情画意的时候，突然冒出枯燥乏味的散文，有时，散文的叙述突然插入浓墨重彩的诗意描写。凡此种种，常常通过一个词甚至一个音节表达出来。"[32]

我的理解是，歌德通过其叙事语调创造出一种庄重的戏谑，并且与比较粗野的叙事过程保持友好距离；这种古典的或者追求客观性的戏谑对于作品来说具有建构意义，歌德乐意通过这种戏谑让读者察觉他是多么擅长把不同的素材、把散文描写和诗意描写熔为一炉。就是说，小说的素材存在散文和诗意的强烈反差。当初人们是这种感觉。如今我们几乎察觉不出。歌德的散文能够兼收并蓄。书中有一个典型句子："马儿被拉到一边去吃草，倘若把马车藏起来，马儿扎堆吃草这一幕就会使人产生浪漫错觉。"[33] 今天我们可以拿汽车替代马车，脑补这一幕。但是我们也看到，这一场景不是自然存在的，而是歌德讲述出来的。他在拿假象做游戏。他的语调本身就在传达某种思想。只有当这种语调——这是叙事的真正元素——要求我们做双重理解的时候，只有当我们不能把叙事者的语调照字面理解的时候，只有当这种语调口是心非的时候，我们才能把歌德与描写对象保持的距离称作反讽。

尽管如此，浪漫反讽的发明者对《威廉·迈斯特的学习时代》做了如下评论：反讽悬浮在整个作品的上方。他难道没注意到歌德的反讽不是他正在创造的反讽？他所创造的反讽又是何种反讽？他首次谈到反讽，是在《批评断片集》里面。该文 1797 年发表在《美艺术学苑》。他写道："我那篇研究希腊文学的论文，是献给文学客观性的一曲矫揉造作的散文颂歌。在我看来，该文最糟糕的地方，莫过于不可或缺的反讽的彻底缺失；它最好的地方，则是文学具有无穷价值这一乐观前提；似乎这是铁定的事情。"[34] 这是明文告示。他宣告的是：过去我为之摇旗呐喊的公式是错误的。这个公式就是：希腊精神＝客观精神＝歌德精神和反矫揉造作精神＝现代精神＝浪漫精神＝主观精神＝其实是我的精神和我们的精神。其实，他若做到戛然而止，反讽就出来了；所以，不能如此黑白分明；一切都是相对的。就是说，这里已经明确赋予反讽相对化的功能。阐述反讽的第二个批评断片写道："哲学是反讽真正的故乡，反讽则可以定义为逻辑之美；因为不管什么地方，只要是口头和书面的交谈，如果不是追求彻底的系统哲学，都应进行反讽，都应要求反讽；就连斯多噶学派也把高雅的城市气质视为美德。当然也有一种修辞反讽。如果适量运用，会产生极佳效果，特别在论战之中；但是，最华丽的演说和一出伟大的古代悲剧相比是什么，修辞反讽与苏格拉底式缪斯那崇高的城市气质相比就是什么。文学也可以由此抵达哲学的高度，并与立足于局部反讽的修辞学分道扬镳。古代和现代都有一些诗歌，从头到尾、从整体到局部都散发着一种神圣的反讽气息。这些作品洋溢着一种真正的超验的意大利喜剧精神。诗歌的内核，是一种心情，它无视一切，无限超越一切有限事物，也超越自己的艺术、美德或天赋；诗歌的外表，诗歌的表达，则是一个普通而优秀的意大利喜剧演员的夸张表情。"[35] 现在我们仿佛站在了十字路口。苏格拉底选择了自己的路。他声称自己一无所知，以便通过貌似单纯的问题让谈话对象认识到自己所掌握的知识也不是什么知识。苏格拉底和"古代及现代诗歌"的制作者（施勒格尔指的是古希腊悲剧和莎士比亚戏剧）表里不一：在我看来，这一发现不是对事实的发现，而是空口无凭。这是施勒格尔的发明创造。我们由此可以见证他如何炮制他那别具一格的反讽。他把苏格拉底描写成一个口是心非、同时还意识到自己口是心非的人，这可以说是他对苏格拉底的必然误解所致。如果不是必然的误解，就是必然的随心所欲或者出于个人目的。在施勒格尔的这个断片中，我们可以清楚地看到古代的反讽、苏格拉底式反讽如何一步一步地被改换成为资产阶级的反讽。施勒格尔相信自己在描写苏格拉底的反讽，这个事实很重要；但更为重要的是他如何描写这种反讽：在他笔下，这是一种不担责任的精神状态；是一种"无限超越有限事物也无限超越自身的艺术、美德和才气"的意识。苏格拉底坚守自己内心的声音，这个声音虽然从不告诉他应该肯定什么，但总是告诉他什么时候必须说不；他听从自己的内在声音，宁愿接受死亡判决也不肯忽略这种声音。施勒格尔把苏格拉底塑造成一个不再受任何羁绊的人，这一点恰恰最不像苏格拉底。外表无知单纯，内心深刻睿智，这是施勒格尔塑造的反讽家。这是他眼里的苏格拉底和"古代暨现代诗人"。为避免跑题，我们先把索福克勒斯和莎士比亚放在一边。我们就谈苏格拉底。谈"苏格拉底式缪斯"。内心超越一切，外表天真无邪，犹如意大利歌剧中的丑角。施勒格尔把这种人生态度称之为"超验的意大利喜剧精神"，因为它意识到自身的存在。禀赋这种精神的人，不仅单纯地经历这一切，而且把这种人生态度作为一种人生态度来表现。如果这种态度只是体现在个别事情，施勒格尔就称之为"修辞反讽"。譬如，有人说了一句意在言外的话。这是一句赞美别人的话，我们属于城里人，知道城里人如何说话，所以我们听出他在批评人。这种限于局部的"修辞反讽"不复杂。但另外一种反讽就复杂了。这种反讽更加地不由自主（我甚至认为它只能作为不由自主的反讽而存在）。不管称之为苏格拉底的反讽还是资产阶级的反

苏格拉底　乌尔斯坦出版社提供

讽，这种反讽似乎不仅出现在文学作品当中，而且化为人的言行举止。苏格拉底可不是其始作俑者。它的历史显然始于古希腊的剧场。作为弗里德里希·施勒格尔著作的编者，恩斯特·贝勒尔 ① 深知反讽问题的复杂性。他对反讽进行了一番概念史梳理。他的梳理工作做得非常细致，但是他对施勒格尔毫无批判立场。他在书中写道："用天真无邪掩盖其狡黠的伪君子（Eiron）成为希腊喜剧中的固定角色。"[36] 这一角色的喜剧效果在于：舞台上有两个对立的人物。一个夸夸其谈、自以为是，另一个却通过谦虚低调略胜一筹。贝勒尔说，阿里斯托芬在《云》中就以批判态度把苏格拉底变成了舞台形象。此时的苏格拉底不是谦虚低调，而是夸夸其谈。"是柏拉图才把苏格拉底描写成一个专事反讽、佯装无知的人物。"[37] 柏拉图塑造的苏格拉底至少把伪装从剧场带入了生活。舞台上的苏格拉底不会声明自己谦虚低调，他只做不说。但是他清醒地意识到这点。谦虚低调是他的对话手段。这是他的全部技巧。藏而不露。但又让看戏的城里人知道他隐藏了什么。所以，从亚里士多德到弗里德里希·施勒格尔的所有反讽论述，全都强调这一表达方式具有城市化特征，全都强调它产生的社会条件。或者说，城市化特征非常明显。但是，柏拉图笔下的苏格拉底没有任何伪装和隐瞒！他说：我知道我一无所知。一方面，这没有模棱两可的修辞效

---

① 恩斯特·贝勒尔（Ernst Behler，1928—1997），德国哲学家。

果，没有弦外之音。我知道自己一无所知，这是一个反讽句子，因为主语在句首传递的信息，在句尾、在宾语部分被否定，而且，前面的肯定和后面的否定用的是同一个词。黑格尔在长达七十页的《索尔格的遗作和通信》里面对浪漫反讽再次进行了清算。他写道："如果反讽首先用作苏格拉底与人交谈的开场白，并督促其他人——智者派、文化人或者别的什么人——更多地展示其智慧和学问，如果苏格拉底随后用辩证法让他们变得一脸茫然甚至羞愧，那么众所周知，他成功了。可是，他的成功有一个常见特性即否定性，它没有科学结论。因此，苏格拉底的特色和巨大影响仅在于激发思考，在于引导人们回归内心世界、回归道德和思想的自由。人必须通过思考从自己的内心创造和检验他认为真实和正确的一切。这一道理不是苏格拉底教授给学生的，而是学生在他这里自行领悟的。它旨在督促精神保持一般意义上的自由的自我意识。所以，尽管我们通常把苏格拉底有关自己一无所知、没有学问的开场白视为不真实的，但我们其实应该把它看作一则严肃认真的、完全正确的、绝非反讽的声明；我们并未看见这一声明受到苏格拉底真实的人生和教学活动的否定。"[38] 我认为，如果我说苏格拉底那句名言充满反讽，这和黑格尔的说法也不矛盾。真正的反讽家总是严肃认真地谦虚低调。譬如，没有什么幽默可以做到跟苏格拉底式反讽一样不由自主。

苏格拉底式反讽是一个不充足的名称，它仅仅用来暗

示与浪漫反讽、与施勒格尔的反讽有所区别。克尔凯郭尔的
博士论文题为《论反讽概念——以苏格拉底为主线》。作为
黑格尔的学生，面对把苏格拉底的反讽简化为单纯的方法的
做法，他不能视而不见。"倘若他（苏格拉底）的知识是关
于某种事物的知识，他的无知就是一种纯粹的交谈形式。他
的反讽则已发展到尽善尽美。所以他的无知既严肃又不严
肃，我们必须紧扣其严肃来研究苏格拉底。如果知道自己无
知，这就是求知的开端……这种知识就是苏格拉底通过反讽
所声称拥有的知识……如果反讽需要提出一个最高命题，那
么，它的情况就和每一个否定性立场一样，它在表达某种肯
定（实证知识），这就是它的言说内容的严肃性。"[39] 由此，
苏格拉底对反讽的运用至少与"单纯的交流形式"区别开
来。有一个事实也变得更加可以想象，即内在的智慧、了然
于胸的心情、外在的戏剧或者意大利喜剧或者天真的表演没
法从技术上相互区分，这就像我们读了施勒格尔断片所推测
的那样。无论如何，他的断片有助于确立一种超出限于局部
的修辞反讽的反讽概念。但既然它是苏格拉底的反讽，它肯
定就不是浪漫反讽。

　　施勒格尔的下一则相关断片称："反讽是一种悖论形式。
一切兼具善良和伟大两种品质的，都是悖论。"[40] 这是源于
浪漫反讽精神的一句妙语。由此，施勒格尔与苏格拉底的反
讽南辕北辙。对于苏格拉底而言，每个人心中都怀有善，人
们只需将其发挥出来。与施勒格尔有关善和伟大不匹配的臆

断相比，苏格拉底就像一个假正经的市侩。在下一个反讽断片中，施勒格尔更是与刚开始看着与他相似的苏格拉底渐行渐远："苏格拉底的反讽是唯一绝对不任性的却绝对深思熟虑的伪装。反讽装不出来，也不可能泄露。没有反讽的人，你即便以最坦率的方式承认你在进行反讽，他仍然把反讽视为谜团。有人把反讽视为骗术，他们要么因为看见一种聪明绝顶的、针对整个世界的恶作剧而心花怒放，要么因为察觉到自己也是反讽的对象而恼羞成怒。除了这些人，反讽骗不了任何人。在反讽中，应当既有玩笑也有正经，一切都坦坦荡荡，同时又遮遮掩掩。反讽源自对生活的艺术感与科学精神的结合，源自完美的自然哲学与完美的艺术哲学的汇合。它包含并唤起一种感觉，使人感觉有限与无限、完整传达的不可能性与必要性处于无法解决的冲突之中。它是所有许可证中最自由的一张，因为人们借助反讽超越自身；但它又是最守规则的一张许可证，因为它是绝对的必然。四平八稳的庸人往往不知如何应对无休止的自我戏仿，他们一会儿信以为真，一会儿满腹狐疑，在这循环往复中被搞得头昏眼花，最终恰恰把玩笑当正经、把正经当玩笑。如果是这样，反讽就算渐入佳境。莱辛的反讽是本能；在赫姆斯特修斯[1] 那里，反讽来自对古典文化的研究；许尔森[2] 的反讽却来自哲学的哲学，所以他技高一筹。"[41]

---

[1] 赫姆斯特修斯（Frans Hemsterhuys, 1721—1790），荷兰启蒙哲学家。

[2] 许尔森（August Ludwig Hülsen, 1765—1810），德国教育学家。

反讽所颁发的许可证，旨在为了绝对的艺术精神而打破单个艺术作品造成的错觉，使人意识到艺术就是艺术。而上面这番话已超出了许可范围。施勒格尔从未把这种反讽称为浪漫反讽，这也意味着这种反讽不是一种艺术手段，而是一种人生态度。"它是对生活的艺术感和科学精神的结合。"他写道。超越自身，持续不断的自我戏仿，直到愚笨之人堕入云里雾里……这些事情与苏格拉底没有任何关系。和施勒格尔推崇的思想运动相比，苏格拉底的意图带有一种社会教育家的令人感动的严肃性。但是，为了理解施勒格尔运动的严肃性，我们也许必须理解从中流露出多少不由自主性。摆出架势、仿佛要通过一系列运动来解决我们时代所有问题的那种东西，事实上是一种有诸多名称的紧张关系的产物。在上述的断片中，这种紧张关系名叫：有限与无限的不可调和的冲突。或者：完整传达的不可能性与必要性。

　　一年后，施勒格尔还在《雅典娜神庙》断片集中提出了与这种反讽相适应的文学概念。在相关的断片和1800年出版的最后一期《雅典娜神庙》断片集中，这一决定性的紧张关系获得了其他名称："理想和现实的关系"[42]，"意图"和"本能"[43]，"艺术诗和自然诗"[44]，"理念和事实"[45]，"精神和生命"[46]，"唯心论"和"实在论"[47]，"假象和真理"[48]，"歌德和费希特"[49]（为保证内容押韵，必须说"费希特和歌德"）。决定性的对立概念自然是"唯心论和实在论"。这是通行全欧的对立概念，哲学的存在，就是为了让它们保持运动。唯心论称霸了一个世纪，随后再由实在论发起进攻。诺瓦利斯说过，"唯心论和教条论"之争就像金银价格的涨跌。"这一现象源自人们把这些对立概念当商品对待"。[50] 康德刚刚为唯心论打了一场胜仗。但九十年代的费希特只看见人们滥用和篡改这场胜利的果实。所以他写了《全部知识学的基础》，以此反驳斯宾诺莎主义—实在论—唯心论，同时推导出他的超验唯心论。他声称他一劳永逸地解决了问题，声称这是阐述我们的思维如何由内向外和由外向内运动的唯一有效的理论。所有关于浪漫反讽的研究都把费希特称为其主要来源。譬如，黑格尔把费希特斥为浪漫反讽之祖父，把"弗里德里希·冯·施勒格尔"称为浪漫反讽之父。

若不追根溯源，我们就不可能把浪漫反讽理解为一种真正的人生态度。但为此我们需要再谈谈克尔凯郭尔所说的"以苏格拉底为主线"。费希特把认识运动推向极端，把自身的自我变成认识对象，导致了形式主义。他的形式主义跟苏格拉底一脉相承。黑格尔说过："苏格拉底的原则，就是人必须在自身找到真，必须通过自身抵达真理。这是意识回归自身。"[51] 或者："苏格拉底意识到，一切存在都是通过思维活动介绍给我们。"[52] 或者："西塞罗颂扬苏格拉底，说他真正的贡献是把哲学从天上带到人间，带到千家万户和集贸市场。"[53] 或者干脆：只有在苏格拉底身上"我们才看见意识的内在化"。[54]

无论看形式还是看内容，苏格拉底的所作所为都与费希

特的宏图大业相似。费希特对自我意识的推导过程是高度形
式化的，其首要动因来自道德。费希特说，"超验唯心主义"
是一种"让思辨和道德法则以最内在的方式合二为一"的思
考方式 55。他讽刺（那些讽刺过他的）康德派哲学家，说他
们以为"只存在两种先验直观：时间和空间。果真如此，他
们的法权也许应当是四角形的，他们的德行也许应当是圆
形的"。56

　　费希特说还有第三种直观，他称之为"理智直观"，说
这是"对于所有哲学来说都是唯一的、牢靠的观点"57。他
在理论知识学部分对此进行了演绎，讲述表象如何在自我
返回自身的过程中出现，以及意识如何在不仅设定自身，而
且把自我设定为在设定自身的自我的过程中出现。58 "不把
作为意识到自身的自我纳入思考范围，我们就根本无法思
考；我们绝不可能通过抽象思维摆脱自我意识。"①59 费希特
在他的《全部知识学的基础》开篇写道。《全部知识学的基
础》的导论少了一些形式主义的演绎，多了一些阐释，对理
论和实践部分的阐发结合得很紧密。很多事情在此一目了
然，譬如：自我如何返回自身；自我的最原创的行动，即返
回自身，导致了自我意识的产生；自我和返回自身的行动是

---

① 可参考梁志学译文："人们不把他那对自己有所意识的自我一起考虑进去，
是根本不能考虑什么的；人们决不能抽掉他自己的自我意识。"《费希特文
集》（第一卷），《全部知识学的基础》，费希特著，梁志学译，北京：商务
印书馆，2014 年，第 507 页。

相同的概念；自我意识乃至意识都是通过对设一个非我才得以产生。

"哲学家的整个这种做法，在我看来至少是非常可能、非常容易、非常自然的。我几乎不能设想，我的读者怎么会觉得这种做法不是这样，他们怎么竟然会感到其中有什么奇异和奥妙之处。但愿每个人都将能自己思考自己。但愿他会领悟到，当他被要求作这种思考时，他会被要求从事某种依赖于他的自动性的事情，从事某种内在行动……但愿他将能把这个行动同他借以思考的在他之外的对象的那种相反行动区别开来，并将发现，在后一种场合，思考者与被思考者是对立的。因此他的能动性应指向某种与他自己相区别的东西，而在以上所要求的事情中则相反，思考者与被思考者是同一个东西，因此他的能动性应该是返回自身的。"①60 "在完成那种给哲学家产生自我的活动过程中要求他对他自己进行的这种直观，我称之为理智直观。它是一种直接意识，它意识到我在行动，我完成的行动是什么；它是我由以得知某物的东西，因为这个某物是我的所为。"②61

这种理性直观（对与康德同时代的人而言，理性直观肯定是一个刺耳的逆喻）的可能性证明，"对理智直观的现实性的信仰"只能"靠指出在我们之内的道德规律才能做到，按照这个规律，自我被设想为某种君临于一切由自我派生的

---

① 《全部知识学的基础》，第 693 页。
② 《全部知识学的基础》，第 694 页。

原始变化形态之上的东西，按照这个规律，自我被赋予一种绝对的、只有以其自身为基础，而绝不会以别的什么为基础的行动，因此自我被描述为一种绝对能动的东西。对自动性和自由的直观，就基于对这个规律的意识。这种意识无疑不是一种由别的东西得出的意识，而是一种直接的意识……只有通过道德规律这个中介我才发现了我自己，而且既然我是这样发现自己的，所以我必然发现自己是能动的……没有自我意识就没有任何意识……我只能是能动的……"[62]（《全部知识学的基础》第60页的表述没有那么轻松，那里写的是"自我是能动的"）。与《全部知识学的基础》的文字相比，费希特后写的两篇导论就像诗歌的翻译。几乎就像纯粹的内容提要。虽然它们有时候比诗歌本身还流传广泛。在《全部知识学的基础》中，有关自我的行动的理论化为了实践。后来撰写导论的时候，哲学家为避免读者误解，写得过于简单过于轻松，与他的宏大叙事不太相称。但是这两篇导论中的内容提要让人感觉到《全部知识学的基础》很难为浪漫反讽提供理论基础。

费希特以极端的方式让自我返回直接的自我行动本身，再从非我的行动中推导出一切意识，同时又证明从道德法则中进行推导出意识的必要性。这一切的目的，在于系统地填补在康德的纯粹理性和实践理性之间出现的空白，并对抗流行的教条主义，正如昔日的苏格拉底对抗主宰其时代的教条主义；苏格拉底时代的教条主义，是建立在客观主义的神谕和诸神世界之上的国家宗教。虽然费希特卷入无神论官司之后只是失去了教职，没有像苏格拉底那样因为吃了官司而失去生命。但这一差别只是意味着费希特时代的宗教已经没有那么重要。以极端方式让人回归自身的自我；让外部世界、现实世界、客观世界贬值，虽然它们是人们信仰、膜拜和信以为真的对象；对物自体——不管它是神还是国家还是宇宙——发起猛烈攻击；抛下一切、回归纯粹的自身，由此实现哥白尼式转折，而且为了道德的缘故……凡此种种，都是两位关注自我的哲学家的共性。

弗里德里希·施勒格尔在推销其反讽的时候把这二人当作精神先师。他有什么道理？

施勒格尔只能借鉴苏格拉底和费希特的方法。"苏格拉底的方法是唯一的既不由自主又深思熟虑的伪装。"[63] 他的反讽断片开篇就写道。他从未进一步说明他对苏格拉底是什么印象。既不由自主，又深思熟虑。这是一个矛盾的说法。

黑格尔可以帮忙。黑格尔对苏格拉底的反讽方法做了如下描述："在他这里，反讽具有辩证法的主观形态……反讽是人和人之间的一种特殊的行为方式……他从某个特定的命题或者某一推论找出相反的意思，就是说，他并不明确反驳某个命题或者某个定义，而是接过来，将其高高举起，让众人看见它如何天然地包含着对立。"[64] 他还说："它（苏格拉底的反讽）的简单之处仅在于，凡是人们不假思索地按照流行的想象和观点回答的事情，他都承认它有道理（辩证法让大行其道者大行其道，仿佛它真的大行其道，并让它由此从内部走向毁灭，无处不在的世界反讽）。人们想把这种反讽变成某种完全不同的东西，把它扩展成为一个普通原则。是施勒格尔首先产生了这一想法……这种反讽是费希特哲学的转折，费希特哲学是它的源头……"几句话之后，独树一帜的施勒格尔反讽就淡出了黑格尔的视野。现在他把施勒格尔的反讽让他生气的地方说成是一切反讽的普遍特征："反讽游戏一切；这种主观性不再严肃对待任何事情。它一脸严肃，但随即又让严肃化为乌有，它可以把一切变成假象。"65 但是黑格尔回到了苏格拉底。他把苏格拉底的"交谈方式"称为"特定的反讽"，并继续说："但他的悲剧反讽是他针对现存道德的主体反思活动。这种反讽不是高高在上的自我意识，而是无拘无束的目的，把人引向真正的善、引向普遍理念。"66

苏格拉底并未像意大利滑稽歌手（Buffo）或者古希腊戏剧舞台上的伪君子（Eiron）那样追求外愚内智。苏格拉底的方法，是在流行的、人们信以为真的实证知识中探测缺陷。他欲擒故纵，最终让它暴露无遗。正如黑格尔所描述的："凡是要求承认它有道理的，辩证法都承认它有道理，仿佛它真有理，辩证法让它从内部走向毁灭。"这是苏格拉底在其对谈中所做的事情。这是他的方法。这位道德学家被控毒害青年，并且因为坚持其美德—认识—方法被判处死刑。他的"悲剧反讽"并未产生一种新的、更高的反讽形式，而是仿佛将反讽变成了公共事件。黑格尔说，对苏格拉底的指控完全"正确"，因为在苏格拉底的颠覆之下，"人的自我意识、每一个人的普遍的思维意识取代了神谕"，而"这种内在的明晰是一个新神，不是雅典人所熟悉的神"。[67]所以苏格拉底必须受到指控。但是，由于雅典人把一个研究人性善的人当作坏人处以极刑，我们也可以说：雅典人客观上完成了苏格拉底的反讽方法，因为苏格拉底的反讽旨在强调现存事物的否定性因素。由此，"构成世界史转折的苏格拉底原则"成为了现实[68]。

这意味着：苏格拉底的否定的、道德主义的极端性粉碎了施勒格尔认为与苏格拉底的思想一脉相承的诉求；苏格拉底无私地为恶的分娩充当助产士，以便恶降临人间，然后让它立刻夭折。苏格拉底这一方法与施勒格尔的自我创造和自我限制的随意性相距甚远。事实上，如果不是他频繁地呼唤苏格拉底，人们根本不会把苏格拉底算作其精神先辈。费希特算吗？他呼唤费希特的次数更多。更重要的是，他借用了费希特的词汇。

他至少继承了费希特追求超验的果断精神。自从费希特的《全部知识学的基础》出版后，弗里德里希·施勒格尔就大张旗鼓地开始了他的毕生事业。他想为文学获得一件哲学似乎刚刚成功获得的法宝：超验能力。

让他如此心向往之的，很可能是费希特而非康德。"超验"一词在《全部知识学的基础》中只出现了三次或者四

次；每一次做严格的"基因"演绎都有片刻的中断，以便用
外部眼光——可以说用意识形态批判的方式——审视同时代
的哲学竞争体系，审视建立在超验（即自我超越）之上的
实在论体系和追求超验性（即自我内在性）的唯心主义体
系。对于所有不谈超验的命题，费希特都采用演绎或者实
现或者——正如他在《全部知识学的基础》的第二导论所
说——展示方法。"专注自身：从你周围的世界收回你的眼
光，让目光进入你的内心世界；这是哲学向它的学徒提出
的第一个要求。哲学不谈论你之外的任何事物，它只谈论
你自己。"①[69] 他的第二导论开篇就贴近读者。根据同时代的
书信和日记判断，《全部知识学的基础》本身并没有贴近读
者。但它令人亢奋。诺瓦利斯在自己的费希特狂热过去之后
写道："《全部知识学的基础》是一种给人触电般刺激的理
论。"[70] 没有比这更为精确的名称了。在黑洞洞的大脑内部
空间怎么产生了一个名为意识的复杂事件？而且是在闭目塞
听的情况下？费希特的自我不存在日期（起始日期?）。他的
死敌是物自体。他的恐惧对象是"存在"。也就是某种你没
想到它也照样存在的东西。只有我存在，才有存在。假如我
没有思考，我思考的东西就不存在……"我思故我在"。[71]
光亮是如何进入通体发亮的单子的（按照莱布尼茨的说法，
单子没有窗户）？黑格尔尤其欣赏费希特没像康德那样采用

① 这一段在原著中是类似附录的一部分，梁志学版本中没有这一段。

叙事法，而是采用演绎法。借用诺瓦利斯的话，我们可以说：他采用刺激法。但已是电学理论意义上的刺激。这个没有光亮的自我点发现自己在行动。"自我只有行动"。①72 它存在于各种本原行动。存在于回归自我途中。这里如果没有创造空间想象，至少创造了路段想象。他只需要同一律 A = A 作为前提。由此设定的，不是 A 存在，而是：如果 A 存在，A 就存在。他把"如果……就……"的关联称为 X。因此，A 是否存在，人们不知道，但是在自我里面设定了这一关联。如果……就……这一关联是在自我里设定的，是被自我设定的。如果被称为 X 的"如果……就……"关联在自我中设定，那么 A 也是设定的，绝对地被设定，就像被绝对地设定一样。如果这是可能的，那么我就是自我或者说自我 = 自我。A = A 这一定律是一个判断，所有的判断都是行动。"所以通过自身设定自我是自我的最纯粹的活动。"②73 "它既是行动者，又是行动的产物；行动者和行动所产生的东西"。然后就有了第一个骄傲的结论："本身不存在的，不是自我。"74 在同一页上已经出现了《全部知识学的基础》的纲领和结论："如果不连带自我——作为对自身的意识——一起思考，人们就没法思考任何事情；人们永远

---

① 参见梁志学译文："自我完全是活动的。"(《全部知识学的基础》，第552页)
② 参见梁志学译文："于是，自我由自己所作的设定是自我的纯粹活动。"(《全部知识学的基础》，第505页)

不可能把自己的自我意识抽象掉……"[75] 亚麻纺织工人的儿子如是说。为了演绎这个具有刺激性的自我意识理论，他不得不闭目塞听，在——这发生在《全部知识学的基础》的实践部分——激活一个巨大的内在空间、在使之发生摇摆运动之后，他才如履薄冰似的通过摸索回到外部世界。但他在此所使用的词汇（努力、驱力、情感、渴望）完全铸造在《全部知识学的基础》的第一部分即理论部分的演绎机器上面。它们只能丝毫不差地做由理论部分的命题所抽象演绎的运动。同样的路径被演绎了两次。一次用的是纯粹的词汇，可以说是单纯的功能词，另一次用的词汇不像纯粹词汇那样排斥与现实的接触。

　　自我在理论部分把自身设定为被非我规定（限定）的。"自我把多少否定的部分设定到自身，自我就把多少现实的部分设定到非我"。①[76] 即便我们在非我中间不可以看见一丝一毫的物自体，我们也可以把物自体视为外部世界在这个自我意识中的代表。非我变成了对外部世界的意识。自我有自我意识和现实意识。他的自我意识把多少现实设定为非我，他就在自我里面安装多少否定。他以如下方式进行演绎："作为非我的非我，本身没有现实；但只要自我受动，

---

① 　参见梁志学译文："自我设定多少份的否定性于自身之中，它就设定多少份的实在性于非我之中。"（《全部知识学的基础》，第 542 页）

它就有现实……"①77 所以我们可以把他称作诗人。他承认非我有多少活动，他在自我中就造成多少受动。他在此强调指出：我们绝不应把被影响者称为影响，"把二者结合起来"思考才叫一次"影响"78。"一切的受动都是非能动"。79"自我只具有能动特征"。80

现在说说在这个自我里面的最重要的一个关系："只要自我受到非我的限制，自我就是有限的；但是，由于自我被自身的绝对的活动所设定，它是无限的。"81 在费希特眼里，他用来推进他的演绎的一切对立彼此之间都存在某种关系。他称之为"相互规定"。施动和受动也是一组对立。但是它们至少在第三者、在一个"关系根据"②（他又称之为 X）即自我当中结合起来 82。在一段长长的、几乎无法复述的演绎段落中，他按照施动和受动这一对立把一组对立的转换和合题从头到尾操练了一遍。然后他回归其任务："自我只是它把自身设定成的样子。它是无限的，这意思是：它把自身设定为无限，它用无限这一定语规定自身……它自己和自己的无限的活动区分开来……这个使它与自身区别开来的进入无限的活动应该是它的活动；……与此同时，自我必须在一次完整的、不能进行区别的行动中也把这一活动重新纳入自身。"83 这时他指的是前面演绎的例子，因为他在前面把对

----

① 梁志学译文："非我作为非我，自身没有实在性；但是，只要自我是受动的，非我就有实在性……"（《全部知识学的基础》，第 548 页）

② 梁志学译为"关联根据"。

立引向了合题，以证明这类设定、对设和相互规定只有通过一个关系根据才可能发生，证明不是一方绝对地排斥或者消灭被对立设定的另一方。

现在还要谈谈如何应用到主要任务。刺激和影响浪漫派的一次又一次的理论—实践就是在这一过程中产生的。这个既是有限又是无限的自我。

"由于自我设定自己同时既是有限的又是无限的，因而自我在自身中同自己本身进行这种交替。就是这种交替，它好像是在自己同自己相争执，从而自己再度产生自己。因为自我想把不可统一的东西统一起来，然后试图把无限吸收到有限的形式中，之后又把它退回去，重新设定到有限的形式之外，并且在同一个时刻再次试图把它吸进有限的形式里——自我本身的这种交替，就是想象力的力量。"[84]

简言之：由于自我设定自己同时既是有限的又是无限的，因而自我在自身中同自己本身进行这种交替……是想象力的能力。

现在，一个动词出现了。费希特从未在与反讽有关的场合使用这个词，但是从弗里德里希·施勒格尔和诺瓦利斯到亚当·米勒[①]再到今天所有的反讽研究者，他们全都不言而喻地将它当成最不可或缺的相关词使用：翱翔（Schweben）。看看费希特怎么说："想象力是这样一种能力，它翱翔于规

---

① 亚当·米勒（Adam Müller，1779—1829），德国哲学家、外交家、经济学家与政治家。

定与不规定、有限和无限之间的中间地带；由于想象力的缘故，A＋B 确实是同时既受有规定的 A 和无规定的 B 规定。想象力的这种翱翔就是我们刚才所谈的那种想象力的合题——想象力恰恰通过它自己的产物表示这种翱翔。想象力仿佛在它自己翱翔期间并通过它的翱翔而把它的产物制造出来的（想象力在不可统一的东西之间的这种翱翔，想象力与本身之间的这种抗争……把自我的状态在其本身中扩展成一段时间：对于单纯的理性来说，一切都是同时的；只有对于想象力来说，才有时间）。"[85]

有限的意识（A）尝试把无限者（B）接纳到自身，想象力由此变成了 A＋B。费希特说，这一尝试持续不断，"直到产生对想象者的想象"[86]。这样，演绎就最终到达超验的维度。如此达到的状态，就是"直观的状态"[87]。"这种在其中活动的能力"就是"创造性的想象力"。[88] 相反：如果没有绝对的设为对立的东西需要统一，如果不是"出现了对于自我的理解力来说显然完全不适应的东西"，就根本没有"创造性的想象力"[89]。对于费希特，这证明他的体系是正确的。现实性和理想性现在可以被宣布为"同样一个东西"，二者"只能通过观看它们的不同方式而不同"[90]。纯粹的主观和纯粹的客观"在综合之前只是某种纯粹思维的东西，只是某种观念的东西。由于绝对对立的东西应当通过思维能力被统一起来却又不能统一起来，于是它们就通过心灵（起这种作用时就叫想象力）的翱翔而获得实在性，因为它们这样一来就变成可以直观的东西了，也就是说，它们获得了一般的实在性。这是因为除了凭借直观的实在性之外，没有别的实在性，而且不可能有其他的实在性。（……）因此，在这里我们得到了这样的教导：一切实在——就他对于我们来说的那样而言，而在一个超验的哲学体系里，它不能不被这样理解——都仅仅是由想象力产生出来的"[91]。现在是理论部分的最后一步："想象的演绎"。人们可以想象一条从 A 到 B 再到 C 再进入无穷的线（作为"自我进入无穷的活动"）。然后"出现障碍"。譬如在 C。自我向着无限前进的活动"绝不应该被消灭，所以它被折返回来，被迫向内前进，它采取了一个正好相反的方向"。出现障碍的原因"不在自我，而在非我"。这个现在从 C 折返到 A 的活动不会在 A 遭到扬弃，它折回到 C。这样一来，在 A 和 C 之间就出现了一个双重的、"自己与自己相反对的自我活动的方向"。从 C 朝 A，可以被视为一种受动，从 A 朝 C，可以被视为单纯的活动。"这种把两个完全对立的方向统一起来的状态，是想象力的活动"。他由此演绎了如何让相互对立的事物统一起来："一种只有通过受动才有可能的活动，一种只有通过活动才有可能的受动。"[92] 如果那个障碍不是发生在 C，活动就会从 A 到无限，而不会意识到自身是一种活动。只有通过障碍或者说折返，直观或者说意识才有可能。所以："直观是一种没有受动就不可能的活动，是一种没有活动就不可能的受动。"[93] 还有："直观作为直观根本不是某种固定不变的事物，而是想象力在背道而驰的方向中的翱翔。"[94] 理解力在起固定作用。它是"由想象力配备了客体那种理性"，在理解力中"思想变成现实"[95]。所以，自我的活动有两种理解的可能性：一个是返回自身的、纯粹的活动；另一个是往外的、可以称之为客观的活动。二者都必须放在相互作用中思考，二者彼此规定。但是还缺一个"固定点"，费希特说。现在想象力也必须作为想象力被直观，就是说，"看见它从一个点到另一个点的自由翱翔"[96]。为了给《全部知识学的基础》的实践部分做铺垫，他称之为"心灵和自己的讨论"。[97] 这样，他就通过一次反思经过一个反思者得到结论，也把理解力当作理解力看待，而由此产生的能力他称之为判断力。判断力为理解力把客体规定为"客体本身"[98]。

现在他写道："想象力，由于它的本质的缘故，一般地摆动于客体与非客体之间。"[99]"它被固定为没有客体的。这就是说，（被反思的）想象力被完全消灭了，而想象力的这种消灭，这种非存在，本身被（没有被反思的、因而没有进入明晰的意识的）想象力所直观（这种东西有点像是对这种思想的模糊的表象，这种思想所思维的是没有关系者的单纯关系）。"[100]

人们不能期待在理论部分遇到山花烂漫的荒丘。但谁也没料到有人可以通过演绎把这个世界搞得寸草不生。但对费希特而言，这是一种胜利。"如果说一切客观的东西都被消除了，那么，至少还剩下自己规定自己的并且自己被自己规定的那个东西，这就是自我，或者说主体。主体和客体以绝对地彼此排斥的方式而互相规定，以致一个绝对被另一个排除（……）自我现在是被规定为被绝对抽象能力把一切客体全部消除之后所剩余的那种东西。非我是被规定为绝对抽象能力所能抽掉的那种东西。这样一来，我们现在就有了客体与主体之间的一个固定的区别点。（其实，这也是自我意识的源泉……任何东西，凡是我能抽去的，我能思维掉的，就不是我的自我。而且我之所以把它同我的自我对立起来，只是由于我把它视为一种我能思维掉的东西）……一个特定的个人——他能思维掉的东西愈多（Je mehreres ein bestimmtes Individuum sich wegdenken kann），他的经验的自我意识向纯粹的自我意识就越靠拢。"[101] 他的目标实现了：在理论知识学的结尾，自我"只与自身发生相互作用"并且"与自身完全统一"[102]。在实践知识学部分，他用追求、驱力、感觉、强制、渴望进行了同样的演绎。只留下了操作词汇：行动，受动，对立设定，反思，想象力，相互作用，直观，现实，想象。"在我们所信仰的感官世界里，就连我们的感性作用，除了间接地通过表象，也没有其他的办法归于我们。"①[103]

对于那些知道费希特在《全部知识学的基础》里如何一

---

① 参见梁志学译文，《费希特文集》第 1 卷，750 页。

步一步进行演绎的读者，我要略表歉意，因为我不厌其烦地引述费希特。如果只是泛泛地说浪漫反讽建立在费希特的理论之上，可能会让人听得一头雾水。为了照顾对费希特的文本不太熟悉的读者——包括我自己，我对《全部知识学的基础》进行了旁征博引，而且是踏着浪漫派反讽家们的足迹。他们在哪里找自己所需要的工具，我就在哪里找反驳他们的字句。

施勒格尔没有看出《全部知识学的基础》的道德抱负。我们有理由做这一推断。但超验思想在费希特的宏伟蓝图中发挥着重要作用。施勒格尔对其视而不见，这不免令人诧异，因为他出版的第一本书《论希腊文学研究》就是用来宣传"客观描写"的，他想把"希腊文学的绵延不断的客观性"变成德国的流行标准[104]。斯宾诺莎的头号信徒歌德是他最重要的榜样，因为在歌德作品首次"真正实现"了"客观描写"[105]。同一年，在他出版这本书之后，他开始发表与之背道而驰的作品：这就是他的断片。他想让一种新文学和哲学比肩而立，这种文学和康德、费希特哲学一样，具有超验的意愿、使命和能力。这是来自费希特的巨大影响。在费希特的影响下，施勒格尔这一代人把温文尔雅的古典教育抛在脑后。施勒格尔在《雅典娜神庙》中写道："歌德加上费希特，这是用来概括《雅典娜神庙》掀起的新风潮的一道最轻松、最得体的思想公式。"[106]但在相当长的一段时间里费希特占上风，因为有超验热。

费希特在《全部知识学的基础》的第二导论里试图通过许多解释来证明他和康德并肩战斗、康德和他并肩战斗。当他又一次指出"绝对不能把自我抽象掉"的时候(《全部知识学的基础》已证明——通过一种固执的美——这根本不可能),他接着说:"或者像康德表述的那样:我所有的想象都必须能够受到'我思考'的伴随,必须被视为受到'我思考'的伴随。"[107] 意识的意识,即持续不断的自我意识,即超验的在场,随后就变成了浪漫派的反艺术错觉技巧。在写作过程中总是写一句我在写作。

但是弗里德里希·施勒格尔显然有更大的抱负。他的确想让文学去完成哲学在一千年里都没有完成的任务:"有一种文学,它唯一和全部的任务就是处理理想和现实的关系,所以,假如参照哲学的人造语言,必须叫它超验文学。开始它是对理想和现实的绝对差异进行讽刺,然后作为一曲哀歌在二者之间飘浮不定,最后成为一曲关于二者的绝对同一性的牧歌。"[108] 他总是同时要求"文学和文学的文学"。他本人大概可以贡献"文学的哲学",如果他的"文学的哲学"——现在可以看他如何应用费希特的理论——开篇就写:美"与真和善是彼此分开的,并且应该如此,美与真和善有同样的权利;能够理解这一论断的,从我是我这一句子就可以得出这一论断。文学将在哲学和文学、实践和文学、文学和各种体裁各种门类的统一和分离之间飘来飘去(飘过来),最后以彻底统一告终"[109]。就是说,在前一个断片,是文学哀歌在中间飘浮，现在是"文学哲学"在中间翱翔，在他关于《威廉·迈斯特的学习时代》的评论中则出现一种从此飘浮了150年甚至更为长久的东西：这就是"悬浮在整部作品上方的反讽"[110]。在一则把浪漫文学称作"进步的总体诗"的断片中，他写道：浪漫文学可以在"被表现者和表现者之间，不受任何现实和理想的兴趣约束，乘着诗意反思的翅膀在二者之间翱翔，并且持续不断地使这个反思成倍增长，就像在一排无穷无尽的镜子里那样对这个反思进行复制"[111]。跟在费希特笔下一样，费希特最重要的操作词反思变成了翱翔的条件。只是反思和翱翔在费希特这里不是可以实现的终极目标，而是用来演绎想象、自我意识和意识的手段。费希特上百次地尝试通过关系根据和对相互作用与相互制约的细致入微的观察把他的自我从单纯的固化对立中解救出来，因为分隔经验使他的自我变得匮乏而且渴望无穷。施勒格尔在消费时表现出很满足的样子，因为他把"无条件和有条件的矛盾"称为不可调和的，他让反讽从二者的紧张关系中诞生、然后在固定的对立上方翱翔，并由此指代一种态度。有了这种态度，一切事情都变成了享受。这恰恰要归功于那个亚麻纺织工人的儿子。这个工人子弟在他的祖国看不见革命的可能，所以投身于这项雄心勃勃、志存高远的解放事业。我们可以在此回忆一下费希特早期文字：《向欧洲各国君主索回他们迄今压制的思想自由》（1793）和《论如何纠正公众对法国大革命的判断》（1793 和 1795）。1794 年，巴格森①致信莱因霍尔德②："在我看来，革命共和国在政治中起什么作用，费希特的体系在哲学中就起什么作用。"¹¹²费希特在《全部知识学的基础》的第二导论中说过："人与人之间没有天生的差别。"他还说过："理性是人的共性。"¹¹³

　　刚刚从社会阶梯的下方步入资产阶级阵营的费希特，不可能从阶梯的上方离开资产阶级、步入贵族阶级，所以他把所有的希望都寄托在另外一种教育之上。这种教育不仅使人联想到苏格拉底，因为它以互动代替灌输式教育，以否定方式代替肯定方式。而且，它与我们相距甚远，因为我们的主要培养目标依然是对他人有用而非对自己有用。其结果，就是我们的异化。这位常常被人当作追求超验事物的怪人来怜悯的哲学家，竟有如此清醒的现实眼光。

　　在艺术中，超验思想作为一种打破单个作品的错觉的力量发挥作用，以阻止艺术在独立的单个作品中走向独立，并因为脱离生活而走向没落。这是蒂克和瓦肯罗德的艺术理论。施勒格尔则是背道而驰：文学的普遍化。生活的诗意化。"对生活的艺术感"意味着："让文学变得生气勃勃、其乐融融，让生活与社会变得诗意盎然……"如果在他笔下冒出几个让人稍微联想到费希特的词汇，听起来就是如下效果："第二，自我限定不能操之过急，先要从容不迫地进行自我创造、进行发明并体验喜悦，直至完成；第三，自我限

---

①　巴格森（Jens Immanuel Baggesen，1764—1826），丹麦诗人。

②　莱因霍尔德（Karl Leonhard Reinhold，1757—1823），奥地利启蒙哲学家。

定不必夸张。"[114] 1799 年发表的《关于文学的谈话》则说：
"每一种形式的唯心主义都必须以这种或者那种方式走出自
身，然后返回自身，并依然故我。"[115] 这是一个被放了气、
被解了压的费希特。费希特就像一个瘪了气的车胎。从此，
翱翔在一切之上的反讽就以这种水准招摇过市。从下面的句
子可以看出其来龙去脉："超验，就是高高在上的一切，就
是应该并且能够高高在上的一切。"[116] 同样是读费希特，诺
瓦利斯的收获比施勒格尔大。他发表在《雅典娜神庙》的一
则断片中，以一种不动声色的犀利描述什么是反讽。他从幽
默开始谈。他说，幽默源于有意把互不相干的事物（"有限
和无限"）混在一起，而施勒格尔把这种"真正的幽默"称
为反讽。但施勒格尔用反讽来形容的，无非是"深思熟虑和
精神高度集中的结果和状态"[117]。如果思考者想到自己在
思考，如果他有这种超验态度，他就处于精神集中状态。所
以反讽是超验态度（Verhalten）的表达。这还是费希特的思
想。在另一则断片中，诺瓦利斯把"深思熟虑"和"寻觅自
我"相提并论[118]。施勒格尔把苏格拉底反讽称为一种"不
由自主的但又完全深思熟虑的伪装"，也就是一种被意识到
的伪装。很明显，他在随意性方面比诺瓦利斯走得更远。诺
瓦利斯说，反讽是深思熟虑的结果，它是深思熟虑、是在
生活和写作中寻找自我和不忘自我的特征，同时是其本质和
表达。

黑格尔在讲授费希特哲学的时候是这样转述的："如果

我看见一面墙，我想的不是看，而是墙；然而，看是我的活动。"[119] 当时的物理学教授海因里希·斯特芬斯在《我的见闻》一书中讲了一则费希特的轶事："先生们，费希特接着说（斯特芬斯显然坐在费希特的课堂上），你们想想这面墙。我看见听众真的在想那面墙。似乎大家都做到了。你们刚才想的是这面墙吗？费希特问。现在，我的先生们，你们想想刚才想这面墙的人。这下气氛就变了。现在似乎有人感到困惑和难堪，许多听众似乎想不出想这面墙的人在哪里。"[120]

资产阶级解放的继承人和唯心主义的得益者没法想象把自己当思考对象曾经是多么困难的事情；特别是当你不属于贵族子弟的时候。这种困难其实并未彻底消除。

弗里德里希·施勒格尔以囫囵吞枣的方式借用费希特的思想成果。这表明，在政治领域停滞不前的德意志，人们是多么需要这一思想手段。施勒格尔使两个分别都有点超验意味的概念相得益彰："深思熟虑"和"伪装"。施勒格尔特别强调反讽的自我意识程度，并且把将其绝对化，这样，就连超验思想、连认识理论的内容也消失了；由此形成了某种人们可以称其为物化的、可享受的自我意识或者纯粹的自我享受的东西。费希特想告诉大家，在面对世界的时候，在注视客体世界的时候，我们不能迷失自我；我们应该想到是我们在思想[121]。

施勒格尔把费希特从单纯活动（nur tätig）的自我引申出来的操作词变成被动的、一动不动的自我享受的手段。

这种功能转换我们不妨称之为庸俗化。我们可以说，施勒格尔和他的接班人创造发明的那种反讽与费希特的意图背道而驰。不可中断的自我活动被内心的平静所取代。黑格尔说："应该是具体的，但实际上只有否定性的静止。这种形式——反讽——的始作俑者是弗里德里希·冯·施勒格尔。"[122]这些东西在施勒格尔的《路琴德》里面应有尽有。这部小说有意采用摇摆不定的反讽腔，这是施勒格尔在歌德的《威廉·迈斯特的学习时代》发现并大加赞誉的一种东西。但是，施勒格尔的尤利乌斯从威廉·迈斯特身上学到的，没有他给托尼奥·克吕格尔所示范的多。施勒格尔评论说，尤利乌斯回顾其"男性的学习时代"，不可能没有"一丝微笑、一点忧伤还有很大的自我满足"[123]。托尼奥·克吕格尔则在心里想："我是什么样就什么样，我不想改变自己，也不改变自己，这对我恰到好处。"[124]作者对托尼奥·克吕格尔的评论是："他走上了一条他不得不走的路，有点漫不经心，不紧不慢，还边走边吹口哨……如果他走的是一条错路，这是因为对一些人来说根本就不存在一条正确的路。"[125]与托马斯·曼相反，弗里德里希·施勒格尔没有必要借助对死亡功能的美化——死亡使人高贵——和人们面对死亡所展现的审美差别来讨论"高贵问题"。他建立的贵族概念比托马斯·曼的概念更现实，更有活力，也许只是更有早期资产阶级的特征："普天之下，是享受闲暇的权利划定了贵族与普通人的界限。这一权利也是真正的贵族原则。""所以，最高级、最完美的生活无非是单纯的植物性存在"[126]（施勒格尔原文加重）。因此，把他称作费希特主义者毫无必要。尤利乌斯和托尼奥这两个小说主人公对其余人的态度引人瞩目。托尼奥在结尾时说："我看见一个尚未诞生的、混沌未开的世界，它需要整理和塑造；我看见熙熙攘攘的人影在向我挥手，要我拯救它们，把它们变成白纸黑字……"[127]尤利乌斯开篇就说："回想起来，不管人们想什么做什么，他们在我眼里都像是灰色的、静止不动的人物，但是在神圣的孤独之中，我的四周五彩斑斓……"[128]他孤独，养尊处优，还有一个情人，过超验生活太值了："我不仅在享受，我还感觉这享受，还享受这享受。"[129]现在的超验效果不是对认识的认识，也不是文学的文学，而是对享受的享受。对自我享受进行享受的时候，尤利乌斯至少还需要路琴德；托尼奥则只需要自己，只需要与其他人拉开档次。这是一种奢侈，同时使人忧伤，同时也保证他的孤独和伟大。

　　施勒格尔试图把文学生活确立为精英阶层的对自我享受的享受。对此，克尔凯郭尔可谓义愤填膺，这也是跟黑格尔的影响有关。到了《托尼奥·克吕格尔》，就不再有如此义愤填膺的哲学家和批评家了。对自身的非社会性的无意识状态早就确立为一种更高的、如果不是最高的精神生活形式：反讽。思想单纯的克尔凯郭尔还写道："……诗意地生活……必须意味着自己对自己变得清晰透明。如果这不是每个人都做得到，生活就是恶作剧，因此，如果有人自以为是，觉得别人不能有的是他的专有，那么，即便他是最聪明的人，这也是一种闻所未闻的愚蠢和狂妄；因为，人的存在要么是一种绝对之物，要么整个的人生是空洞无物；一个人，如果他没有疯狂或者冷漠或者傲慢或者绝望到相信自己是优选者的地步，绝望就是他唯一的结局。"[130] 现在，谁要哪怕引述一下这句话，几乎都会觉得自己像个伪善者。克尔凯郭尔至少不是伪善者。他看出（也许看得比黑格尔更清楚）浪漫派是在对"仿佛已变得坚如磐石"的"社会状况"做出反应：这是他在论述蒂克的反讽那一章里的论断[131]。随后他自己也尝试治愈反讽在浪漫派的使用中染上的各种毛病。所以他返回苏格拉底！他恢复了反讽的原始功能：否定。他相信，由于时代的缘故，一种苏格拉底式的反讽再度应运而生。但如果看看苏格拉底时代、哈曼 ① 时代、克尔凯郭尔时代、卡夫卡时代、我们的时代，人们就会发现，反讽在任何时代都应运而生。克尔凯郭尔对他的时代做出了诊断，以证明为何反讽应运而生。我们不妨试一试，拿我们时代的症候或者成就去替代他的诊断。克尔凯郭尔说："在我们的时代，科学结论多如牛毛，几乎让人们不知所措；不仅是对人类秘密的认识，对神性本身的认识也被人们廉价地兜售，情况实在令人担忧。在我们的时代，人们对每一个科学

---

① 哈曼（Johann Georg Hamann，1730—1788），德国哲学家、作家，"狂飙突进"运动之父。

结论都充满喜悦，但同时忘记了一个事实：一个结论如果不是艰苦所得，它就没有价值。但是，经不起反讽追问的，都会相当难受。反讽犹如否定，它是一条路；它不是真理，而是求真之路。每一个把结论当结论的人，都没有占有结论；因为他没有路。如果现在有了反讽，反讽就会带来一条路，但不是一条让自以为占有结论的人去占有结论的路，而是一条让结论离开他的路。"[132] 如果这里出现的每一个结论都用一个现世公认的价值来替代，我们就能得知当下应该做什么。克尔凯郭尔说："把科学的结论化为个人生活，并且变为个人的知识，这必须被视为我们时代的首要任务。"[133] 反讽作家克尔凯郭尔在随后的十年里就按这一纲领行动。我们可以清楚地看到，克尔凯郭尔的反讽观和在写作中对反讽的运用都和弗里德里希·施勒格尔当作反讽来宣传的东西截然相反。施勒格尔的反讽是对费希特思想进行稀释的结果。在我们这个世纪存在两种反讽观。克尔凯郭尔的反讽观在罗伯特·瓦尔泽和弗兰茨·卡夫卡的作品中发扬光大。像赫赫有名的托马斯·曼研究专家埃里希·赫勒都生拉硬扯，把托马斯·曼纳入克尔凯郭尔的传统，这表明反讽这一工具在学界被人滥用。为什么不把海德格尔描写成马克思主义者？海德格尔最终可是致力于废除形而上学。在勾勒从克尔凯郭尔到卡夫卡（或者罗伯特·瓦尔泽）这条线索之前，施勒格尔这一脉络必须得以凸显。诺瓦利斯把费希特的《全部知识学的基础》称作"批评的哲学"[134]。他批评费希特，但是他暗地里想的比费希特还费希特，他想构建一种没有非我推动的哲学[135]。但他由此恰恰偏离了那个亚麻纺织工人的儿子的现实主义思想内核，因为后者把自己的思想——经验使之然——表述得一清二楚："哲学必须说明所有经验的基础。"[136] 经验不是可选择的东西，而是"伴随着必然性感觉的想象的体系……"[137]。所以他不可能绕过非我领域，不可能绕过客体。这甚至是他痛苦的原因。"没有划界，就没有渴望；没有渴望，就没有分界"[138]。只有这样他才能变成反思概念的设计师。但他也拿反思进行了实际运用。

费希特在演绎自由的时候不得不孤军作战。他所演绎的自由，只是在他的缺乏体验中找到依据。大家想想歌德的《威廉·迈斯特的学习时代》描绘的自我实现的纲领，想想威廉写给他舅子那封信。威廉在信中陈述了离开自身阶级的正当理由，因为他所属的阶级无法摆脱绩效原则，不可能自我实现。"在德国只有贵族可能接受全面的人格培养（如果我可以这么说）。市民在极端情况下可以培养自己的精神；不管他如何树立自己的形象，他都会失去完整的人格。"[139] 费希特在前面引述的第二导论中研究了《全部知识学的基础》有可能产生的影响："但一切都以这样一点为基础，即人们以清楚的意识，不断地运用自己的自由，从而深切知觉到这种自由……倘若教育的重要目的……是从少年时代起发展学生的内在力量，而不是给他们指出方向；倘若人们着手育人，是为了人自身的用途，是把人作为观察他自己意志的工具，而不是作为替他人服务的没有灵魂的工具……只要教育把相反的目的摆到……自己面前，单纯致力于可以由别人加以使用的方面，而没有想到每个人同样有致用的根本因素，从而把青少年中蕴藏的自动性连根拔除，使人养成一种绝不自己运动而等待外来第一推动力的习惯……"①140

　　学界众口一词，坚称浪漫反讽源自费希特。事情是这么来的：费希特在无对象的内心性和无意识的外部世界之间征服了唯一可能的据点——自我意识是自我的产品，自我则对自身的局限性做出反应并且进行反思；一切存在的一个持续不断的条件，就是我在思考存在；超验思想是争取解放的小资产阶级的自我创造的一项业绩，因为外部世界没给他们什么机会和可能建构自我意识；自我的活动成为他们要求自由的媒介乃至对象；但这一切的背后是对消灭阶级差别的普遍诉求，而这是从启蒙运动和法国大革命诞生的思想，费希特这一思想源头，与从弗里德里希·施勒格尔到托马斯·曼这些资产阶级造假者以反讽概念的名义从这一源头引申出来的东西有何干系？1795年费希特写了一封书信草稿。他在上面写道："没有一个国王或者君主会给《全部知识学的基础》的作者发放养老金，因为该书阐述的基本原理不符合您的观念；或者，即便他们当中有谁给他发放养老金，他也不会接受。我唯一可以接受的，是法兰西民族颁发的养老

① 参见梁志学译文，《费希特文集》(第二卷)，731—732 页。

金。法国人现在也开始关注艺术和科学。我相信，这是法兰西民族的职责。我的思想体系是第一部关于自由的思想体系；法兰西民族砸碎了束缚我们的外在镣铐，我的思想体系则旨在使人摆脱物自体和外部影响的枷锁，把独立存在确立为人类应予遵循的第一原理。我的思想体系出现在法国人用外在的力量夺得政治自由的年代，它是与自我、与所有根深蒂固的偏见进行内在斗争的结果：在我撰文评论法国大革命的时候，这个思想体系就开始和我眉目传情，仿佛是要给我奖赏。" 141

1799 年，费希特被——实话实说——逐出耶拿。人们以传播无神论为由将他解雇。歌德赞成解雇费希特。事实上，这是发生在古典文化之都魏玛的一出可耻的阴谋。费希特曾发表一篇题为《论我们信仰上帝的世界秩序的原因》的文章。随后，德累斯顿方面的一纸警告抵达魏玛。来函写道，倘若萨克森选侯国的莘莘学子在耶拿只能听到这类学说，未来就只能令其远离耶拿。费希特得到了消息。然后有一个被他视为朋友的人建议他未雨绸缪，马上给枢密顾问福伊格特 ① 写信。福伊格特在歌德管辖的部门负责具体事务。费希特给福伊格特写了信，而且是他一贯的风格。这个缺乏稳固自信的人，这个一直受到轻松俏皮的思想家嘲笑的人——他还不知歌德和席勒如何拿他的非我开玩笑——

---

① 福伊格特（Christian Gottlob von Voigt，1743—1819），德国诗人，魏玛公国枢密顾问，是歌德在魏玛的同僚。

以典型的费希特腔调给雇主写了一封信。他说他几乎无法描述"误会有多深"[142]，他无法接受行政警告："我不能忍气吞声；我做不到。我深信，在这件事情上，我的行为不仅无可指责，而且值得称颂；不管别人还是我们自己，如果做了值得称颂的事情却受到公开批评，而我们能够予以反驳却没有反驳，这就是一件可耻的事情。我做不到。我的敌人早就把我逼入绝境，迫使我把品行端正变成自己的生存条件。现在更是如此。品行端正，这是我的朋友和敌人对我的期待，也是他们对我的要求。我不可能公开忍受或者施加不义而不失去一切。假如对我进行行政警告，所有的报纸都将闻风而动，并大肆炒作，我的敌人会幸灾乐祸地哈哈大笑，会报以最恶毒的嘲笑。每一个正直的人都会觉得，在遭受公开的行政警告之后，我的荣誉感将禁止我继续对当局俯首听命，因为它认为有必要对我进行警告。如果我继续这么做，我会受到众人的蔑视。我别无选择，只能通过递交辞呈对行政警告做出回应；随后再把行政警告、辞呈以及这封我有幸写给阁下的信一起公之于众。"[143]

魏玛当局当机立断，宣布解雇费希特。公爵、歌德和枢密顾问意见一致。这时弗里德里希·施勒格尔做了一件我们不能不提的好事：他帮助笨拙的费希特在柏林找到落脚点。歌德在给妹夫施罗塞的信中解释说，即便是自己的儿子他也只能这么做；哪能以这种态度对待执政者。时至今日，依然有人不加批判地沿用宫廷和歌德的观点。主编《歌德-席勒通信集》的埃米尔·施泰格 ① 就写道："魏玛官方本想给一个温和的行政警告了事，但是由于费希特行动鲁莽，当局被迫采取严厉措施，最终甚至将其解雇。"[144]

耐人寻味的是，弗里德里希·施勒格尔很快就把他的断片抛在了身后。他没有按照其断片的要求一次又一次地超越自身，他只有一次自我超越。但这也是一次一劳永逸的自我超越。他平步青云，他的人生轨迹就像给他准备的一则讽刺故事，和反讽毫无关系。在进入新世纪最初的几年里，他一定经历了一次思想转折。随后弗里德里希·施勒格尔恰好在他续编的莱辛对话集《恩斯特和法尔克》② 中写道："我们绝对无意在公开发表的演讲和文章中哪怕是把真正的哲学的目的——更不说它整个的内容——泄露给乌合之众。先是宗教改革，后来更有法国大革命给了我们深刻的教训，使我们知道这绝对的公共舆论是怎么一回事，也知道也许原本善意的、深思熟虑的思想在后来会造成什么后果……我们能够大声说、我们有权大声说：新哲学的目的，在于彻底消灭这个时代的流行的思考方式，在于建立和发展一种全新的文学，在于建立和经营一幢全新而美丽的大厦，让高级艺术和科学安家落户。我们有能力、有权利大声说：新哲学的目的在于重振基督教，在于最终向那个被人践踏如此之久的真理大声

---

① 埃米尔·施泰格（Emil Staiger, 1908—1987），瑞士文学理论家、文学史家。

② 原本是莱辛编写的对话录。

宣誓。我们能够、我们可以大声说：新哲学的明确目标，就是让古老的德意志社会复兴，让那个崇尚荣誉、自由和亘古不变的道德的国度复兴，而复兴之路就是培养为真正的、自由的君主制度奠定基础的观念。"[145] 这是资产阶级的优秀儿子和浪漫反讽的发明者在其思想转折之后说的话，这是1808 年的事情。在文学研究文献中，人们把黑格尔描绘成一个吹毛求疵的人，因为他一有机会就攻击浪漫反讽，还喜欢把施勒格尔叫作"弗里德里希·冯·施勒格尔"。人们没看到黑格尔对费希特的评价准确到位，他对索尔格 ① 的研究比谁都细致而全面。

施勒格尔为奥地利政府当差。他津津乐道的一件事情，就是掰着手指数有哪些公爵和侯爵夫人在维也纳听了他题为《论近代历史》的系列讲座。他在巴结反动政府方面做得很过分，连政府密探 J.M. 安布鲁斯特都向派他来刺探讲座情况的主子报告说："所有的听众都反映，涉及教会和国家的时候，他的讲座非常中规中矩，由于担心在什么地方触线，他还屡次牺牲历史真实。"[146] 他的所作所为，客观上成为讽刺而非反讽。尽管施勒格尔早就改宗天主教，但在维也纳眼里，他依然是一个"给教廷特使打小报告"[147] 的新教徒。维也纳人仿佛觉得他的立场过于右倾。1815 年，梅特涅将他任命为奥地利驻法兰克福公使馆参赞，他以这一身份

---

① 索尔格（Karl Wilhelm Ferdinand Solger，1780—1819），德国唯心主义哲学家、语文学家。

参加了德意志联邦议会。他的任务，几乎就是完成弗里德里希·格奥尔格·福斯特在巴黎所预言的事情。福斯特说过，莱茵河右岸将把公共舆论篡改为自上而下的权力运作工具。施勒格尔成了梅特涅的公关人员，他的任务就是"处理德国舆情"，因为他"能够借助其文学声望和文学关系产生某种积极影响"[148]。这类仕途别人不可能有。随后，施勒格尔换着笔名在不同的报纸为梅特涅撰文，譬如由亚当·米勒在莱比锡发行的《德意志政府公报》。这位勾勒过福斯特肖像的艺术家写道："在德国建立绝对的新闻自由的尝试似乎都以失败告终，我们真心认为这是德国民族性的最高荣耀。"[149]他的哥哥屡次想公开与他论战，但是弗里德里希呼吁哥哥看在父母的分上别这么做。对于反讽，他时不时地还写一则断片；现在反讽完全变成了一个语义含糊的通行词。1829年，他不得不忍受黑格尔再次对他发起猛烈进攻（对索尔格的评论）。之后不久，他死在邀请他去发表演讲的德累斯顿。即便对于他的时代和他周围的人而言，他的思想已达到一个让人感觉怪诞的黑暗程度。

对古老的苏格拉底式反讽方法进行功能转换（偷梁换柱），弗里德里希·施勒格尔不是唯一的人。哈曼就在与冥顽不化的启蒙派的斗争中以生动活泼的方式实践过。1806年/1807年冬，比弗里德里希·施勒格尔小七岁并把他视为偶像的亚当·米勒，在德累斯顿的波兰酒店发表题为《戏剧文学》的系列讲座。他在讲座中说："请允许我首先阐述一个古希腊概念。这个概念几年前被机智的艺术之友重新确立，随后却被幼稚的模仿者在令人恶心的滥用中糟蹋，但是它以它真正的原初形态表达了艺术生命的整个秘密。我说的是反讽概念。如果大家要求我把它翻译成道地的德文，那就是：对艺术家或者对人的自由的启示，我想不出比这更好的翻译。所以，批评对艺术家或者对人说：不管你为我刻画的艺术多么美妙，你为我美化的思想多么伟大、多么神圣，我总想知道你是否捍卫你的自由。如果你屈从于某个不管被你说得多么美好的思想，如果你死心塌地为世上的某个神圣事业服务，如果你总是对特定的思想或者特定的人情有独钟，如果你对生命的某些形式怀有不可克服的反感，你就缺乏反讽，缺乏神圣的精神自由。如果缺乏这种自由，世上就既没有思想，也没有神圣事物，更没有爱。"[150] 这话旨在把听众引向阿里斯托芬，引向阿里斯托芬发明的嘲讽一切的许可证。尽管如此，这里所描写的自由是"艺术家或者人"的自由。每个人，如果他还是人类的一员，都应该如此自由，如此反讽。我们可以对此表示诧异。如果不是以弗里德里希·施勒格尔为师，他本来不会这么说话。是施勒格尔教导说，反讽是"各种许可证中最自由的一个"，他还说，人们可以借助反讽超越一切，等等。但是，在施勒格尔笔下还是一则撒野似的、火星飞溅的断片，在他这里变成了一个尊贵的概念。这种在反讽和自由之间画等号的做法是可以理解的，如果我们把这理解为对那个被各种党派和言论搞得四分五裂的革命年代做出的反应。两年前，亚当·米勒在《论对立面》中描述了他这个"后来人"（1779）在回望"那座医院"时感到的恐怖[151]。他立足于这一体验，发展出缺一不可的学说。这也是驱使他前往维也纳的动机。他在维也纳充当"反革命的使徒"，并作为宫廷顾问终其一生[152]。他认为，欧洲变成上述的医院，就是因为学术和社会互不相干，各干各的革命。一方是"权力的放纵"，另一方"对人的价值、人的幸福、人权和无数其他感伤的毛病怀千人一面、云里雾里的感觉"。这位二十五岁的青年人写道："我们则一直认为有必要让自己对这两个以不幸的方式隔离开来的世界的看法保持飘浮不定的状态。"[153]

　　亚当·米勒的生平是一部发人深省的好教材。这个普鲁士宫廷官员的儿子夹在贵族阶级和资产阶级、新教和天主教（他很早就改宗天主教，开始一直保密）、柏林和维也纳、哈登贝格①和梅特涅之间，并寻找二者之间并不存在的立场。举两个特别典型的事例：1809年，他努力劝说普鲁士政府让他同时创立和发行两份报纸；一份是官报，一份是面向大众的反对派报纸。他认为通过自由翱翔可以做到二者兼顾[154]。1811年米勒被哈登贝格派往维也纳从事高级间谍活动。他的任务是以私人学者的身份活动，然后悄悄给柏林方面报告情况。就是说，这个天主教徒和保守派为进步的新教

---

① 哈登贝格（Karl August Fürst von Hardenberg，1750—1822），普鲁士亲王、政治家。

徒效劳，从事针对天主教—反动派堡垒的间谍活动。但他没有成功，未能做到自由翱翔。他扎下了根，变成了奥地利的总领事，在不偏不倚、自鸣得意的平衡错觉中生活了多年，最后作为宫廷顾问死在维也纳。他的死，是他惊闻弗里德里希·施勒格尔的噩耗不久发生的事情。米勒有一种强迫症，把一切都看作永恒对立，然后呼吁调和，同时把飘浮不定的反讽作为调和手段启用。尽管有上述的人生经历，米勒这种强迫症不仅是一种诡计，而且是带有典型的时代特色的一种结果，是步入社会的资产阶级青年必然要经历的考验。他有点像《赫斯佩勒斯》的主人公马蒂厄，但是更像《威廉·迈斯特的学习时代》里面的威廉。他也是资产阶级子弟，跟威廉一样，有一种塑造自身、拯救自身的冲动，并循着冲动去走一条崎岖不平的路，去跨越各种艰难险阻。他声称贵族和资产阶级之间存在一种永恒的、符合自然法则的关系，并借助反讽想出一种超越一切的立场[155]。这种立场现实世界中不存在，但它作为他毕生的事业和理想存在。在现实世界中，他为梅特涅效劳。

《论对立面》有一章题为《自然和艺术》。米勒在此写道："一个政治家，如果他因为内政忽略了外交，如果他不能凭借真正的艺术反讽、作为带来刺激的对立面在矛盾双方之间和上方自由翱翔，他很快就会在胆小怕事和忧心忡忡之中被拉扯下来，被拉入一种既无思想又无感觉的静止当中。这种静止来自生病的躯体，来自以这种方式遭受不幸分裂的国家；忽略了一环，就会在看似受到偏爱的另一环的逐渐坏死中同样清楚地察觉出来。"[156] 假如米勒有关对立面的理论连同其反讽飘浮不定说是一个诡计，他举的这个政治实例就是一个实际应用的诡计。1808 年，克莱斯特和亚当·米勒一道主编过艺术杂志《太阳神》，1810 年/1811 年俩人又一道主编《柏林晚报》。克莱斯特认为受到多方怀疑的米勒心地单纯、为人善良，但他同时指出，米勒的单纯和善良不是一眼就能看出来的[157]。

尼采认为只有教育学家有权使用反讽这一用于否定的工具。现在这个工具第一次被挪作他用，我们第一次看见它有了独特的提升功能。就资产阶级这种特殊用法而言，反讽是一种完全特别的自由。不仅是做这做那的自由或者为所欲为的自由；弗里德里希·施勒格尔和亚当·米勒所理解的反讽，是不做什么的自由；也就是不再争取资产阶级的权利、不再争取其人权的自由。诺瓦利斯把费希特的学说视为一种刺激人的学说，现在这个学说被施勒格尔及其后来者转换了功能，给他们提供了事不关己的正当理由。黑格尔在他对索尔格的评论中对这一新的成就进行了如下描绘："这种姿态显得很尊贵，因为它解决了问题，它高高在上；它所谓的解决，其实是将问题推开了事；它高高在上；它实际上是置之度外。"[158] 在此，黑格尔指责了弗里德里希·施勒格尔（"这位反讽之父"）从未证明或者反驳过什么事情。"反驳要求反驳者说明理由，研究问题；但这就意味着施勒格尔们放弃高贵的身段，必须在进行判断和否定的时候放弃——用施勒格尔发明的一个范畴——神圣的放肆（如果我们上升到反讽的高度，就可以称之为魔鬼的放肆，不管这是南欧的撒旦还是北欧的魔鬼）；他们不能继续超然物外，他们必须脚踏实地，从事哲学研究或者对事情本身进行研究。"[159] 黑格尔切断了索尔格与弗里德里希·施勒格尔的近邻关系，把索尔格纳入苏格拉底传统。他特别引用了索尔格说的一句话，即反讽不是"那种对一切让人产生深刻而严肃的兴趣的事物都不屑一顾的态度"[160]。不论在哪里见到反讽，黑格尔都要进行一清二楚的切割和甄别。他的做法可谓后无来者。

　　后来，托马斯·曼成为高高在上者。他至高无上，他最有反讽派头。没有谁比他更为纯粹地满足了亚当·米勒提出的要求。他几十年如一日地扮演歌德这一角色，可谓功夫不负有心人。当他在《绿蒂在魏玛》中让歌德-曼进行如下内心独白的时候，他仿佛是把亚当·米勒的话牢记在心："但事实如此：我来到世上，与其说是为了做悲剧人物，不如说为了促进和解。和解与平衡不是我全部的事业吗？我的事情不就是对双方进行肯定、承认、发挥其潜力并使之平分秋色、交相辉映吗？对于个性和社会、意识和单纯、浪漫和实干，我总是二者兼顾、平等对待、兼收并蓄；我让它们完美融合，令捍卫单一原则的游击队员感到羞愧——另一原则也一样……作为万有的人道精神——最高的、充满诱惑的榜样作为悄悄针对自己的戏仿，世界主宰作为反讽和一方对另外一方的愉快出卖——这样悲剧就在你脚下，它跌落在一个我的德国精神尚未代表性存在的地方，德国精神就在于主宰地位和大师风范，德国性就是自由、修养、全面发展、爱——事实不会因为他们不知道而改变。"[161]

这是继施勒格尔和米勒之后的又一个巨大的自我膨胀记录。施勒格尔和米勒让反讽转换功能，是为了赋予资产阶级子弟一种遗世独立的、可谓摆脱了社会基础的，也就是绝对的自我意识，因为他们急于脱离本阶级，同时又尚未进入贵族阶级。这是一种抽象的、空洞言辞多余实际价值的自由立场。是现实的、具有社会普遍意义的解放运动的替代品。是有些空洞的自由，是为明希豪森式①的高攀者撰写的动作指南：他们应当揪着自己的辫子把自己往上提，虽然这根辫子只是作为其意识存在。托马斯·曼毕其一生从事这种反讽实践。他把反讽实践扩大化。瞧，实践者有了气吞山河的气势：这个超凡脱俗的人声称，他是一切和一切的代表。托马斯·曼-歌德历数的对立面虽然显得苍白无力、堕落，但如果你身为人上人，是什么对立面就无所谓了。他的自我定位很有气魄："我是一切和一切的代表。"而如果托马斯·曼-歌德让一个由于不是天才而只能对其仰望的人为自己定位，

---

① 明希豪森困境出自 18 世纪德国乡绅明希豪森（Baron Münchhausen）的故事集，他曾在讲述自己在旅行途中掉入泥潭，不得不用力拉拽自己的头发将自己拉出泥潭。这一故事引申而来的明希豪森困境常用于哲学领域的讨论。

那就更有气魄了。歌德的秘书里默尔就是一个仰望者。里默尔与绿蒂交谈时涉及歌德能否动情的话题。里默尔知道，歌德不可能动情。里默尔干脆反问道："您能够想象上帝动情？想象我们的主动情？这个您没法想象。上帝是动情的对象，但上帝自己不可能动情；我们情不自禁地要把一种独具特色的冷漠、一种毁灭性的淡定赋予他。有什么事情让上帝情绪激动？他需要支持哪一边？他是一切和一切，所以他支持自己，他站在自己这一边，他专事包罗万象的反讽。"[162]我到此为止。后面还要更加细致地谈论这种反讽是如何培养起来的。如果我们想象黑格尔不得不观看精神如何上升到神圣的云端，这将是一件非常开心的事情；看了之后，黑格尔才知道弗里德里希·施勒格尔是怎样一个宝贝：一个虔诚和现实主义世界观的典范。自然地，托马斯·曼塑造如珍稀藏品一般的文化巨匠时，总是尝试强迫我们诚惶诚恐。每当托马斯·曼大师让叙事者蔡特布鲁姆和里默尔絮叨那些虚无缥缈的超级雕塑英雄时，他们总是把他们平庸的双眼瞪得大得不能再大。托马斯·曼在修炼歌德风范的过程中对老年歌德的真实生活完全视而不见，这才导致他在1932年发表的世纪演讲中说歌德是"反讽虚无主义"和——这个更直白——"没有立场和观念的文人气质"。[163]我认为，当时没人在场，后来也没人读他这篇演讲稿，否则人们难免要提出质疑。众所周知，歌德在其晚年审时度势，旗帜鲜明地表达维护理性的立场，树立自身的理性形象，坚守理性话语，并且以身作则，将"虚无主义"边缘化。现在，身为后学晚辈的托马斯·曼，为了装点其典型的超凡脱俗的存在，凭借老年歌德在艰难时期所说的片言只语就想将其逆水行舟的努力化为乌有，这么做合适吗？

这就是从资产阶级—浪漫主义反讽演变的结果。但这只是资产阶级—浪漫主义反讽。另外一种反讽，即苏格拉底和索尔格的反讽，则是另外的命运。

2．此反讽非彼反讽

    我说过，对我的反讽研究而言，最无关紧要的就是作为打破艺术错觉的技巧的浪漫反讽。对于浪漫反讽，已经有了非常可观的研究成果。我提到施特罗施耐德-科尔斯女士。她有一个非常精准的表述：反讽作为艺术的自我展示手段。瓦尔特·本雅明在其博士论文中已经写了一个充满反讽精神的句子：浪漫艺术家在破坏中继续建设。我引述了费希特和施勒格尔的话，想用白纸黑字留下的证据证明费希特的本意是什么、施勒格尔及其同类又如何扭曲了费希特的思想。费希特用数学方式演绎自我意识，其出发点是他只能想象为运动的自我；这个自我，若无运动，就对自身一无所知；它是作为自我的运动，它的运动触碰某种不存在的事物，遇上非我，由此，这个自我才察觉到自身，才发现自身，才能想象自身；自我被非我推回。倘若自我不在任何地方发生触碰，倘若自我的运动无穷无尽，自我就会对自身一无所知，就不会意识到自身。他把这个自我运动描述为一个没有受动就无法想象的动作，和一场没有行动就无法想象的受动。

    如果你们再思考一下，这个自我运动，形式化的，从 A 到 C，在 C 发生碰撞（reflektiert），再回到 A，它在 A 也不能停留，于是又弹回 C，由此，在两点之间、一个主体和一个客体之间就出现了一个来回摆动（Schweben）的运动。在二者之间来回摆动的东西，他称之为想象力，想象某种事物的能力，想象力再接再厉，直至想象出想象者，也就是直至超验性。思想者知道自己在思考。他在《全部知识学的基础》的实践部分进行了总结：没有划界就没有渴望，没有渴望就没有划界。所以有自我意识。他在此所使用和演绎出来的动词，正是摆动，在两点之间摆动。但是这种来回的反思（Reflexions-Hin-und-Her）不是为了飘移的缘故，而是为了证明一切现实都只能通过这种产生反思的摆动创造。摇摆是描述超验行动中最重要的动词，弗里德里希·施勒格尔和亚当·米勒却把它变成了翱翔。费希特这里只有两极之间的来回摆动，诺瓦利斯也如此。施勒格尔则让反讽在《威廉·迈斯特的学习时代》的"上方"自由翱翔，亚当·米勒在《关于对立的学说》中让反讽"原则上"在一切可以想象的对立的上方飘过来飘过去。而且要不断飘啊飘，翱翔，以避免在一极或者另一极沉没。在哪一极沉没都同样糟糕。人们必须保持自由，不受任何的约束。但是这个自由是空洞的。它缺乏费希特在《全部知识学的基础》的实践部分确立的各种定性，它缺乏道德即政治思想。对于多数思想，我们只是坐享其成，所以很难想象费希特按照数学方式对自我意识进行的演绎在政治上意味着什么。"我的体系是第一个追求自由的体系；就像法兰西民族使人摆脱了外在锁链，我的体系使人摆脱了物自体的枷锁，摆脱了外来影响，使他首先作为独立的人存在。"[1]

在耶拿被撤销教师资格后，费希特致信其同事莱因霍尔德："我将远走高飞好几年，现在我把这个决定告诉你。我做出这一决定，是因为疲惫和厌恶……现在我改变了想法。现在我不可以陷入沉寂；如果我现在沉默，我可能再也没有说话的机会。——在俄国与奥地利结盟后，我就觉得有个事情可能会实现，最新的事态，特别是恐怖的特使谋杀案（人们为之欢呼雀跃，席勒和歌德高呼：罪有应得，必须打死这些狗东西！）使我对此坚信不疑。这就是：第一，从现在起，专制政权在绝望中捍卫自身；第二，专制政权进行自我捍卫，前提是消灭精神自由；第三，德国人不会妨碍他们实现其目标"[2]（法国特使在拉施塔特被匈牙利骠骑兵杀害）。费希特辗转柏林。他不能让"疲惫和厌恶"主宰自己：为了"精神自由"的缘故。费希特对这个词的理解，跟我们的理解完全一致。但施勒格尔最忠实的学生亚当·米勒发表如下言论的时候则是别的意思："……反讽，神圣的精神自由，没有它，就没有思想，没有神圣的信仰，没有爱。"1797年，弗里德里希·施勒格尔在《美艺术学苑》写道："反讽是所有许可证中最自由的一张，因为人们借助反讽超越自身……"这一超大的许可证跟费希特的精神自由没有什么关系，正如那翱翔在一切之上的反讽跟克尔凯郭尔笔下作为否定工具的反讽没有任何关系。克尔凯郭尔与黑格尔一脉相承，以苏格拉底为主线，把反讽称为"无限的绝对的否定性"[3]。

人们不禁要问，反讽发生的功能转变是否引起了同时代人的注意。人们当然注意到了。卡尔·奥古斯特·伯蒂格在《实话实说》中对米勒的反讽讲座进行了如下评论："他以反讽之名对艺术家或者人的自由发表了精彩的论述——他把反讽称为对自由的启示。只是反讽之名不适合这个概念，因为通过长年累月的语言运用，人们已经给反讽划出另外一块天地，我不明白作者先生为什么不直接使用自由的概念。使用自由概念，就不用消除歧义，就不用预先进行解释和澄清。"[4]站在今天的立场，我们可以说这是一场撤退战。

黑格尔和伯蒂格所书写的，没有化为实践。后来化为实践的，是另外一个反讽概念，是一种保证自己高高在上的巧妙方法。说到这，我们就进入了 20 世纪，就到了 1903 年，就说到了《托尼奥·克吕格尔》和托马斯·曼。

请允许我简要介绍一下这篇小说。

看了这个短篇小说——它在某些版本里也叫德式中篇，读者十有八九难以抵挡诱惑，想把里面出现的名词和形容词列个对照表。作者自己就明确建议读者把他的词汇建筑视为双柱体。这篇小说的叙事就靠这一系列的对立来推进。由此产生的对立关系是我们所熟知的话题：艺术家和资产阶级①。

————————

① 也译为"艺术家和市民"。

常常有论者称，有了这一对概念，该说的话都说完了。我倒觉得，看看托马斯·曼如何构建托尼奥·克吕格尔的身份，我们会获得诸多启发。

我们在上边罗列属于艺术家范畴的概念，在下边罗列属于资产阶级范畴的概念：

托尼奥：

"母亲是深色皮肤，热情奔放"

母亲的道具："三角钢琴和曼陀铃"

托尼奥·克吕格尔读《唐卡洛斯》

黑头发的托尼奥搞写作

克吕格尔：

父亲有"一双沉思默想的蓝眼睛"

父亲的道具："纽扣眼儿里插一朵野花"

汉斯·汉森读马术书籍

金发的汉斯得到金发蓝眼的英格

托尼奥觉得自己"与众不同，和一切格格不入"[5]。但他至少和汉斯·汉森有一个共同点："他们的父亲不仅是大商人，而且有官职和头衔，是城里的大人物。"不过，托尼奥还是因为一个最高级形容词与人分道扬镳：克吕格尔家的

豪宅"是城里最富丽堂皇的豪宅"。托尼奥渴望与他所蔑视
的同学在一起，因为这些同学不会因为老师举止不够高贵而
痛苦、而烦恼，因为同学们很单纯，心里怎么想嘴上就怎么
说。作者让托尼奥把自身的与众不同理解为一种出类拔萃。
与此同时，作者让他反抗这种出类拔萃的与众不同。他自
己觉得搞写作是一件"放浪的、有失体面的事情"；他在学
校拿了低分，回到家里就想接受惩罚，他不想"用亲吻和音
乐"把事情敷衍过去。就是说，这个孩子兼有父亲的北方基
因和母亲的南方基因，他的内心是完全分裂的。

　　他的朋友汉斯·汉森被称为他的"对立面和反面"。他
对汉斯·汉森怀有一种"充满妒忌的渴望"。高处不胜寒的
托尼奥绝非闷闷不乐。欧洲的中篇小说里面，哪一位主人公
会如此自我评价："我是什么样就什么样，我不想改变自己，
也改不了了，我自由散漫，不走正道，成天思考一些没有人
思考的事情。这就够了。"所以他是的的确确不可或缺的。
至少他的存在得到辩护。唯一让他无法沉湎于沾沾自喜的，
是他渴望得到自己蔑视的对象。

　　他离开了故乡城市的"平庸而低级的存在"，献身于"精
神和文字的力量"，因为这种力量"带着微笑，俯瞰着无知无
觉、无声无息的生活"。最令他朝思暮想的，是金发蓝眼、活
泼可爱的英格。但他又承认，一个阅读《茵梦湖》、自己还尝
试写"类似东西"的人，恰恰得不到活泼可爱的英格。

　　如果自己所爱的女人对自己不理不睬，威廉·迈斯特会

在内心深处遭受打击。这会影响他整个的自我评价。托尼奥·克吕格尔则满不在乎。他"只是耸耸肩，走自己的路"。看他怎么走路："有点吊儿郎当，吹着口哨……如果他走错了路，那是因为对有些人而言不存在一条正确的路。"有了这句话，任何事情都得到原谅。威廉·迈斯特第一次出行的时候，也是"舒舒服服地上床"。但当他转向艺术的时候，他觉得还是很冒险。"……我一无所有，赤身裸体，把自己交给缪斯。缪斯向我扔来她金色的纱巾，让我遮蔽我赤裸的身体。"[6]歌德小说还制造了一个假象，让人感觉威廉在艺术和经商之间进行了选择，做出了决定。但小说把手工业描绘成艺术的寓言，这表明艺术并非严格意义上的另一选项（威廉"裸奔"艺术的说法是不正确的，因为他把他的商号交给舅子维尔纳管理，维尔纳则放弃了自身的自我实现，为我们这位完全致力于自我实现的威廉创造了可观的利润）。

托尼奥只有一个挥之不去的伤痛。这就是：他功成名就之后，金发蓝眼、活泼可爱的英格依然远在天边。

托尼奥"完全献身精神和文字的力量"；它虽然给予他奖励，但同时"照例无情地拿走了它作为报酬收取的一切"。历史发展了一百年，可是当资产阶级的儿子落入缪斯之手的时候，有些事情似乎依然如故。托尼奥·克吕格尔甚至不得不接受缪斯给他一个"额上的印记"。这个印记让"善良人"感到惶惑，他的孤独愈加明显。他从"表达的乐趣"得到了补偿。

威廉和托尼奥由此彻底分道扬镳。威廉在戏剧和艺术中寻找自我实现之路，一边寻找一边迷路，尽管他客观上受到呵护。最后他成为先进的贵族企业家。托尼奥一开始就固定成型，基本上是以不变应万变。但是他很清楚自己是谁。他那个"带有异国情调的资产阶级的名字"很快就变成了"一个指代优选者的符号"。对于他取得的成绩，小说的解释是："活着，就不写作；只有死去，才能全心写作。"

艺术和生活的二元对立显然已经极端化。托尼奥仿佛彻底一边倒。他选择工作室和精神，尽量与生命对立，尽量接近死亡。所谓死去，这只是一个别扭的隐喻。由此我们可以看出小说追求的是纯粹的字词层面的对立。"活着，就不写作"这类说法如出一辙。悖谬的一极（活着）是比喻说法，另一极则是实义；所以，这个悖谬运用得当。随着急剧的语言升温，托尼奥的艺术家生存变得真实可感。

——他已心死，没有爱——

——肉体历险——

——纵欲和滚烫的罪孽——

——感受到无以言说的痛苦——

——在冷冰冰的思想和

　　熊熊燃烧的感性之间——

——内疚——

——放纵——

——不寻常的生活——

他骨子里 / 感到厌恶 / 体质 / 出现下降 / 艺术水准随之提高 /

托尼奥变得 / 挑剔 / 卓越 / 宝贵 / 高贵 / 见不得 …… 平庸

——明察秋毫——

——若是涉及——

——分寸和——

——品位问题——

他现在完全在艺术家一边？

在和女画家丽萨维塔·伊万诺夫娜的谈话中，托尼奥接替作者，继续借助名词对立手法推进小说。

我们就竖列两行词语，左边是托尼奥用来构建其艺术家存在的词汇，右边的词汇表达一切与他格格不入的事物：

艺术家——半吊子

敏感——感情

冷峻的激情——感伤

超乎人情——人情

不合人情——人情

情感的贫穷化、荒漠化，风格——强烈的情感

艺术家——人

自命不凡——平凡人

品位——感觉

文学——和平与和谐

该隐——规矩人

反讽——缺乏反讽，一本正经

对认识的厌恶——真理

但是他在艺术家这边如坐针毡。他不得不自怨自艾。"怎样的命运啊！前提是你的心有足够的活力，有足够的爱（托马斯·曼本人加了重点号！），能够感觉出命运的可怕！"

很明显，他还有来自右边一列的品格。他还写出一个时至今日依然让他那些高处不胜寒的同类津津乐道的句子："说句心里话：刻画人性却不参与人性，我烦透了。"

托尼奥的立场是摇摆不定的。他刚刚表白自己有一颗满满的爱心，就移步左翼，继续罗列冰冷的词汇：艺术家被隔离，被排斥，被打上烙印，跟国王一样高处不胜寒，他既是陌生人，又令人感到陌生；与之对立的，是大众，是普通人。然后他一步跨到右边，声称自己对艺术家满腹狐疑，犹如他那些正直的前辈对骗子满腹狐疑。然后他表示认同艺术家"对认识的厌恶"。他为此很生气。然后他又问生气何用。他的意思是，他沉湎于艺术并沾染了相关的毛病，这种情况并不因为他生气而得到任何的缓解。他继续延长词语柱子：

傲慢

冷漠

反讽者的厌倦

怀疑

与观点保持距离

文字　　　　　　　　感觉

文学　　　　　　　　生活

精神　　　　　　　　行动

　　他又一次脱离阵营。"我爱生活",这一回他来了这么一句缓和对立的表白。而且是"作为永恒的对立与精神和艺术对峙的生活"。他用如下方式填满了这个大而无当的词留出的空间:"我们渴望的国度,是那平常、规矩、可爱的一切,是那平凡得诱人的生活。"

　　没错,这又是一个从左到右的大转弯。作者采用现实主义的细腻手法,让托尼奥坦承一个事实:读到报上有关他仇恨生活的评论时,他还暗中得意,但这是错误的。"我们这些不寻常的人渴望的是平常和规矩的事物"。他还掷地有声地宣布自己"渴望常人之乐"。

　　就是说,我们见证了一段辩证法的发展过程?这个资产阶级的儿子跟着感觉走,加入了艺术家阵营,并成功地实现了自身。他的自我实现如此地彻底,以致这一立场的站不稳脚的地方也暴露出来,不攻自破,主人公在经历两次扬弃之后达到一种新的立场?没有。他倒退了,回到原点。他的思想没有任何发展。他的立场如石柱一般岿然不动,只是主人公永远作为同一个人在其间来回运动。小说在此逐字逐句地重复先前说过的话，说托尼奥只能得到那些老是跳舞摔跤的人，说他更喜欢那些不需要思想的蓝眼睛。但是这里出现了一个虽然不包括辩证运动但对辩证法进行了完美描述的句子：“热爱生活，同时又千方百计唤起它对文学那病态的高贵的兴趣，这是荒谬的。”如果这种荒谬就是小说继续推进的意义，并且在推进过程中同时作为荒谬得到表现和扬弃，那么这就是一篇跟诺瓦利斯的独白剧一样使用反讽的小说，而诺瓦利斯的独白剧越是细致入微地把喋喋不休证明为最具创造性的语言领域，就越是远离作为创造性的喋喋不休，就越是要进入它不想进入的方向。就是说，假如可以在小说里叙述越把生活变成艺术、生活就越不像艺术这一道理，假如真有人在一篇把生活证明为唯一的价值的小说里这么写，他就会因为不由自主地消灭了这唯一的价值而制造出反讽行动，并且破坏一个艺术的希望。《托尼奥·克吕格尔》没有这么写。托尼奥·克吕格尔在受到纯粹的艺术家丽萨维塔·伊万诺夫娜的刺激、质疑并伤了自尊之后，陷入了对资产阶级的渴望和乡愁。

托尼奥没有去那美不胜收的南方，而是刻意逃往北方。悲天悯人坐头等车厢，“因为他总说，一个比他人承受了更多内心痛苦的人，可以要求一点外在的舒适”。

人们通常把托马斯·曼讲的这类话当作轻描淡写，进而纳入反讽范围。但我认为这是他的真心话，因为他之前一本正经地谈论过托尼奥如何被打上烙印，如何过着艺术殉道士的生活。

在父亲的北部家乡，他没有发展出新的立场，只是重复了青春时期的舞蹈课体验。他想找的女孩，有汉森这类青年做伴侣，他能够得到的女孩，跳舞老是摔跟斗。

为了让小说所描写那种不变的、拒绝历史发展的人物对阵结构固定在初始状态，托马斯·曼不仅使用了主导动机，还使用了主导场景。"这和从前一样，和从前一模一样！"由于两极分化，他自然发现自己"被嘲讽和思想所腐蚀，所贫瘠，被认识所瘫痪，被创作的高烧和寒颤所折磨，因为内疚而六神无主，在可怕的极端之间、在圣洁和肉欲之间被抛来抛去，被冰冷的和人为精选的过度兴奋搞得精致、贫瘠、精致、迷茫、伤神、受尽折磨、病态——"，他因为悔恨与乡愁而啜泣。假如这篇小说没有对我们提出高度的思想要求，仅仅从技巧层面看，我们就会说：似曾相识，毫不新鲜。

现在小说进入结尾的超车弯道。这个弯道就是一则声明。该声明将最终决定托尼奥的心灵特性和位置。小说所采用的艺术手法就是一封写给女画家的信。作者让青年作家托尼奥触景生情，发表如下声明："有时候我宁愿高屋建瓴地讲点大道理，也不想讲故事。"很久以后，托马斯·曼把这篇小说称为"采用散文形式的叙事谣曲"。托尼奥的信重复他和丽萨维塔·伊万诺夫娜的谈话内容，并且字斟句酌，最终迫使读者把他视为一个**夹在**两个阵营之间的人。

　　又是爱，将他从精神—艺术阵营拽走。现在他的爱有了一个新的名字，它叫"资产阶级对人性之爱"。爱（只有爱！）"把一个冷漠的文人变成了一个有温度的诗人"。托尼奥和他的作家还知道，这种资产阶级的爱，就是《圣经》里说的不可或缺的爱，没有它，人就成了一个鸣的锣，一个响的钹。

　　说这样的话，一定练习过纵横捭阖的功夫。通过寻根之爱，一个堕落到文人田地的贵族少爷变成了一个有感情的诗人。托尼奥·克吕格尔现在来了一个标准说法，托马斯·曼在《一个不问政治者的看法》中愉快地、一字不漏地进行引用了三遍："我夹在两个世界中间，哪边都不习惯，所以我的处境有点难。"

　　但是他如愿以偿了吗？或者说：这是一个站得住脚的、可以实践的、现实的或者哪怕只是具有意识现实意义的立场吗？有感情的诗人?！在世界上占据怎样一个位置？克吕格尔散文的结尾已经证明，为了组装一列中型词语列车对名词进行耦合是难以为继的。

　　托马斯·曼不得不写点暴露性的细节，以便在罗列概念之外能够对这二元对立进行哪怕一丁点的具体刻画。托尼奥在其北国之旅的途中被捕。但是，他只需要出示写有他姓名的书稿清样（！），他就光荣获释。但他身上必定带有某种气质，才使他在资产阶级这边蒙受不白之冤。艺术家对他不公，因为他们把他称作资产阶级。"你们艺术家把我称作资

弗里德里希·施勒格尔

托马斯·曼　费舍尔出版社提供

产阶级，资产阶级又想逮捕我……我不知道哪一方对我的伤害更严重”。

托尼奥·克吕格尔是一个小题大做的资产阶级。他养尊处优，过于高贵的出身难免要造成一些令他烦恼的奢侈问题。我们可以看看小说如何把一星半点儿的现实困难全都彻底地、绝对地进行化解，并扼杀在摇篮之中，如爱的痛苦，如用情专一问题，如错误与悔恨……“他走的是一条他不得不走的路，有点漫不经心，脚步不均匀，边走边吹口哨，还歪着脑袋眺望远方。如果他走的是一条歪路，那是因为对有些人而言根本就不存在一条正确的路（正道）”。

托尼奥的错误事先就从根本上得到原谅。欧洲文学中有第二个享受这种待遇的人物形象吗？尽管小说出乎意料地坦承，托尼奥身份高贵所以不存在任何的难题和痛苦，但托马斯·曼还是借助这篇小说创造出一个在艺术家和资产阶级之间无所依托的受难形象。他不仅为自己一劳永逸地塑造了一个艺术形象，他还把它作为世纪项目赠送给了学界和评论界，让批评家和研究者不需成本地人云亦云。

看看他在后来的四十年里如何丰富托尼奥·克吕格尔的立场，也是一件有趣的事情。一个人必须死去才能全心写作这类话被明显召回。他在《一个不问政治者的看法》中就已告别了这种“青春时期的浪漫错觉和狂傲”[7]。艺术成为他用伦理方式满足生命的手段[8]。他是道德主义者而非唯美主义者，他在《一个不问政治者的看法》中一而再再而三地强调这点。尽管他现在还说自己在《托尼奥·克吕格尔》里面真心实意地以反讽伺候对立的双方[9]。

　　他做了吗？若是，反讽在这里又是什么意思？我们已经看到他用名词耦合成对立面，看见他在哪边都待不住，不得不来回跑，不得不跑到中间，或者——这是他的居中立场——不得不承认、不得不自诩对对立的名词怀有渴望，所以他比那些处于单纯对立状态的人要好；但正因如此，他也特别地受难。

　　在《一个不问政治者的看法》中他继续为这一处境洗礼："但反讽总是在两个方向进行的反讽，它是居中者，表达的是既非……也非和不仅……而且，正如托尼奥·克吕格尔感觉自己是以反讽态度置身资产阶级世界和艺术家世界之间，他的姓名则必然成为各式混血难题的象征。它不仅象征南欧和德意志的混血，而且象征着健康粗犷和精致细腻、规矩本分和冒险冲动、性情和技巧的混合：他的定位狂热显然受到尼采的影响，而尼采正是从自己所处的特殊位置演绎出其哲学的认识价值。他说他有两个家园，一个是颓废，一个是健康；他又说，他站在上升和下降之间。这整个的作品都是由看似异质的元素构成的：忧伤和批评、内心性和怀疑、施笃姆和尼采、重情感和重理智……难怪青年人热捧这本书。"[10]现在他心满意足地追忆当初都是哪些因素让《托尼奥·克吕格尔》在"青年人"中间大获成功。他想起"这个小故事如何运用精神这一概念，如何让精神和艺术

概念携手，以文学的名义站到无意识的和沉默不语的生命的
对立面……这本小书深深地吸引着青年人，无疑是因为其偏
激的文学观和理智批判的锋芒，而如果说该书的另一元素即
德意志情感保守主义不仅无碍于青年人的喜悦，甚至还提升
了这种喜悦，这是因为它是作为反讽出现的，而反讽就是最
高级别的理智主义"[11]。身为概念调度员的托马斯·曼，不
管三七二十一，只管嘭嘭嘭地把概念车厢一节一节地耦合在
一起。但是他的读者至今喜欢他的概念车厢。因为新车厢发
生碰撞的声音听着令人振奋。在 1915 年至 1918 年间，托马
斯·曼以如下方式继续制造托尼奥·克吕格尔的二元对立：

精神和艺术	生活
精致	健康
冒险精神	规矩正派
技巧	性情
颓废	健康
没落	上升
批评	忧伤
怀疑	内在情愫
尼采	施笃姆
理智主义	情绪
思想	形象

　　后来发现，这可能有点像似曾相识的理智和情感的二元论。也许托尼奥·克吕格尔曾经是典型的大资产阶级，或者依然如此。他曾经是个人主义者，或者依然如此。他曾经独一无二，或者依然如此。他曾经超然物外，或者依然如此。他过去是总经理，或者依然如此。他的名字曾是卓越的代名词，或者依然如此。

　　托马斯·曼送来一个具有粉饰功能的词汇。他的供货对象是那些在宗教里面找不到这个词汇的人。他在《一个不问政治者的看法》里写道，托尼奥·克吕格尔精心维护"生活和'艺术'的对立"[12]。这话没毛病。可以接受。随后二者之间就出现了精心维护的对立。（一方面）不仅有人人总经理的无耻、颓废和冰冷的迷狂，而且有人人总经理的"资产阶级的博爱"，以及他的善良、他的幽默、他的良心以及"平常的快乐"（另一方面）。托马斯·曼把"不仅……而且"的朴素论断变成了"对自身定位的狂热兴趣"。而且不止一次。"托尼奥·克吕格尔以反讽方式构建了一个由各种反题组成的平衡系统，并作为形式范例对托马斯·曼未来的创作产生了决定性影响"[13]。托马斯·曼专家莱茵哈德·鲍姆加特如是说。

　　托马斯·曼离不开他的概念体系。他称为反讽的东西，是他的许可证。据此，他可以想象自己在一组又一组的对立的名词上空翱翔，他对任何一方都不必过于严肃认真，或者能够以同等的严肃认真对待双方。我们可以完整摘录《托尼

奥·克吕格尔》里面一个描写真正的反讽运动的句子："热
爱生活，却千方百计把生活吸引到自己这一边，并且让生活
喜欢文学的细腻、忧郁还有它那病态的高贵。这么做是荒唐
的。"托马斯·曼在《托尼奥·克吕格尔》中对这一反讽实
践进行了一两次描述，但是什么也没发生。进行反讽实践，
需要通过几个点，过了之后，前面的立场就不再成立。埃里
希·赫勒带着虔敬之心对托尼奥·克吕格尔的反讽进行了评
论："除了那位'非现实'的艺术家本人，小说中没有一个
人物有现实生活。一篇讲述艺术家如何被隔绝在人性现实之
外的小说，这种写法恰到好处。"[14] 如此说来，反讽就成了
有计划的叙事弱点？还有什么?！莱茵哈德·鲍姆加特写道：
"人们努力通过使各方立场相对化的反讽来重新获得观看的
客观性和朴素性。按照一切感伤文学的法则，这是不可扭转
地脱离了纯真的作家采用的迂回策略。"[15] 反讽作为返璞归
真的手段！这是鲍姆加特对托马斯·曼的指令进行翻译的结
果。如果说托马斯·曼之前的反讽不是什么，那么它就不是
返璞归真的手段。这种反讽概念是如何产生的？前面我们看
到，托尼奥·克吕格尔虽然在荡名词秋千的时候一次又一次
地滑向中间，他却一次又一次地渴望——这是克吕格尔最有
分量的词汇——从左边到右边，从精神到生活。托马斯·曼
在《一个不问政治者的看法》中三次引述托尼奥·克吕格尔
对自身夹在两个世界之间左右为难的抱怨。现在他忙不迭地
把这一立场拔高到英雄境界。"对于我，'美'从来都是给意

大利人和精意人士把玩的东西，跟德意志精神毫不搭界，不符合德意志-资产阶级艺术家的品位。"[16] 为了记录他对名词的调配，我们需要三根词柱。居中位置被他征服了。当他再次引述克吕格尔的控诉时，他继续思考："但这样做也许恰恰符合德意志精神？德意志精神不就是中间立场？不就是中立者和斡旋者吗？德国人不就是世界格局中的中立者吗？如果说具有资产阶级气质就很德意志，那么，兼有资产阶级和艺术家的气质也许就更加德意志，以此类推……"现在他开始延长左右词柱：

欧洲人和爱国者 / 虚无主义者和保守派 [17]

在《托尼奥·克吕格尔》里面，他突然说了一句"是的，我热爱生活"就滑到正中位置。现在他故伎重演，说了一句"是的，我属于资产阶级"[18]。不过，他想跻身资产阶级是有附加条件的。这就是德国资产阶级"对精神和艺术毫不陌生，就像他们对尊严、正派和舒适不陌生"[19]（在另一篇小说里，有需要的时候，他不厌其烦地引述自己的话来证明没有什么东西比体面和正派跟艺术家更不兼容）。所以，他现在是集大成者：既是艺术家，又是资产阶级，又是德国人。一系列崭新的对立概念接踵而来：

法国资产阶级   德国资产阶级

铺张浪费	正直、舒适有度
文明	文化
为文明服务的文人	施笃姆
民主主义	乡土情感
人权	形而上的生命价值
以福利为核心的意识形态	
极端的启蒙思想	

　　该书的最后一章题为《反讽和极端主义》。又是一切从生活、精神、渴望谈起。但是也有一点新东西：与《托尼奥·克吕格尔》不同，这里的渴望不再是单向地从精神跑到生活，而是在精神和生活之间"循环往复"。

　　在年轻的或者观念相左的同行的冲击下，托马斯·曼发现自己被扣上了保守派的帽子。这整本书尤其是最后一章都是为了消化这一体验。"反讽家是保守派，"他在书中写道[20]，因为保守主义是反讽的，如果它"不是生活而是精神发出的声音，而精神所喜欢的不是自身，而是生活"[21]。托尼奥·克吕格尔认识到，爱生活却想把生活吸引到自己这一边，是一件荒谬的事情。自那以后，托马斯·曼在认识方面没有什么长进。现在他说，精神追求生活的过程中有爱神厄洛斯发挥作用，精神和生活的关系具有情色性质，但由于这不是男女之恋，所以这种紧张无法消除；而恰恰因为这种情色关系中缺少天然的男女两极，"它们不会融为一体，只能保持一种永恒的、无法解除的紧张关系"[22]。他的套路就是先选一个情色隐喻，然后又抽掉其天然属性，以使这种情色关系永远保持紧张。但他并未把这种无运动的对立关系变成一幅图画。

很明显，我们努力追求中间位置。"一个永恒的紧张关系"不是我们能追求的目标。所以我们找来了艺术。它虽然多半在左手，但它曾经通过"耦合"来帮助建立一种体现在艺术家身上的德意志资产阶级精神，它自身由此成为"业已实现的悖谬"[23]。自此，它就变得对居中位置有用。《一个不问政治者的看法》的最后一章甚至写道：艺术的使命在于"与生活和纯粹精神保持同样良好的关系"[24]。现在，艺术被赋予居中者和斡旋者的地位。而这恰恰是五百页之前赋予"德意志精神"的地位。但他继续写道："艺术家"观看现实，不是为了发现其中的"教会—工厂—无产者"等等——这是"精神"做的事情；"艺术家"有一种"无拘无束和充满信赖"的眼光，总是"看见事物处于上帝所希望的状态"，所以艺术不偏激[25]。"可以肯定的是，艺术在精神和生活之间的居中地位和斡旋地位使反讽变成了一个富有乡土特色的因素。"[26] 反讽也是一个艺术因素，因为"反讽精神是保守的，并且有情色冲动，极端主义精神则依然是虚无和自私的"[27]，这里所说的反讽，正是那种"左顾右盼的反讽"[27a]；它既面向生活，也面向精神。它由此产生了"忧伤和谦虚"[28]。或者说——他纠正道——这是艺术家的状态：

忧伤和谦虚。随后他又抱怨艺术家"无法获得尊严"[29]。

这个长长的导言还澄清了一些事情。这是他有意放到最后撰写的。

托马斯·曼总结其反讽的时候常常引用尼采，但总是缩小到他本人的体量。其方法就是把精神为了生活的缘故所进行的自我否定变成一个循环往复的过程，变成"既—又"和"不仅—而且"。他声称，我们绝不能把精神的自我否定完全当真，因为精神追求生活注定前途无望[30]。所以，他只好居中。站在他的反讽据点上。可一旦必须处理一些源自现实世界的名词的时候，他就很难甚至不可能居中。这种情况下他就制造对立，然后彻底靠右站。譬如下面这个导论就是这种情形：

政治	德国特征
民主	威权国家
政治	精神
文明	文化
文学	艺术
社会	德意志性
投票权	灵魂
自由主义	自由
国际主义	世界主义
法国资产阶级	德国资产市民

政治	排斥政治
政治	音乐
法兰西	德意志
政治仇视	温和气质，不是单纯从理智进行理解
西方	中间
社会	生活
进步	秩序
启蒙	权威
美德	义务

所有这些词汇都在 33 页至 38 页进行了处理。也正是在这里，他把这本书形容为"内心分裂和矛盾的写照"。所以这本书没有变成"艺术品"，而是变成了别的东西，"几乎"是一个"文学创作"。所以，跟《托尼奥·克吕格尔》的结尾一样，最高的中立被识别为托马斯·曼的天然位置。做托马斯·曼研究的喜欢护着他，说他从二十年代起就放弃了极端保守主义的咆哮。但是我认为他从未放弃《一个不问政治者的看法》的思想，他有他的理由。他尝试过一些比较进步的论调，但远不如《一个不问政治者的看法》的保守论调成功。为了争取在中间地带有些游刃有余的空间，这个狂热的保守派进行了一场没有胜算的斗争。这场斗争令人同情，而且远比他后来那些驾轻就熟的漂亮话更有说服力。就是说，跟《托尼奥·克吕格尔》的情况一样，他在《一个不

问政治者的看法》中咬紧牙关追求居中位置，并凸显他的反讽立场，但他一厢情愿；这是他求而不得的东西。但这不是责备他的理由。他自视为忽左忽右的反讽家，我不觉得这很滑稽。但是我们看见他站在哪里？在《托尼奥·克吕格尔》里面，他喜欢的词汇在左边（艺术家、敏感、冰冷的激情……）；贬义词（半吊子、感情、感伤……）在右边。在《一个不问政治者的看法》里面，他喜欢的词汇在右边（德意志性、威权国家、文化……），他诋毁的对象在左边（政治、民主、文明……）。他所追求、所声称的中间位置只是其意识的抽象虚构，没有什么比这更像纯粹的字面游戏。其目的在于制造一种"定位狂热"，在于使人想象反讽如何在两极之间来回奔波。就是说，旨在制造一种高高在上的意识。只要冒出哪怕一星半点的硬核现实，作者就不再忽左忽右；在这种时候，他的反讽一次也没有左右开弓。相反地，面对具体的现实，他做出的都是完全保守的反应。这一点，连那些死心塌地维护他的人都不否认。托马斯·曼在同一本书中对同一个问题有两种表述：一是"反讽总是左右开弓的反讽"，二是"反讽者总是保守的"。但谁把这视为自相矛盾，谁就被看作一个吹毛求疵的论战者。更有趣的是，反讽（Ironie）在这里变成了一个职业，有了相应的职业称谓：反讽家（Ironiker）。

　　我不知道德语里面是谁最早使用反讽家（Ironiker）这个词。希腊语称之为 Eiron。Eiron 原本是舞台上的喜剧人物。

也许这个词有助于澄清我认为德语文学研究所陷入的一个尴尬处境。我们的文学史把托马斯·曼标榜为一个创造了反讽杰作的作家，甚至是本世纪德语文学的头号反讽大师。但是，我认为他没有创造出反讽作品。不过他创造了反讽家的形象。这一人物形象出现在他那些具有幽默倾向、有象征主义或者现实主义倾向的长篇小说里面。没有哪个作家像他这样把反讽家变成了人物形象。但作为反讽家的主人公并不能把整本书变成一部反讽作品。零敲碎打的反讽和系统的反讽风格的区别，是一个雪人和一次雪崩的区别。托尼奥·克吕格尔是一篇非反讽小说中的反讽者。不管是在海滨、在画室还是舞厅，小说中的每一种情绪都来得直截了当。小说多次让克吕格尔触景生情，是北德的风景唤起了他的北德人的感情。这些文字写得如此高雅而美好、真实而纯洁，几乎让真正的反讽文学作品望尘莫及。托马斯·曼描写了几种人生姿态，按照源于弗里德里希·施勒格尔的某种语言习惯，它们可以被称为反讽态度，但他并未用反讽手法描写这些反讽人生，他的手法（自然是）完全开放的，是直截了当的现实主义手法和幽默手法。他把几种人生姿态描写为反讽姿态，却没有努力动用反讽手段。

正如费希特无意通过反思—翱翔制造反讽，尼采也不会关心他说的话能否为反讽鸣锣开道。现在托马斯·曼把反讽称作"一种伦理态度"。他解释说："除了尼采那句名言，我想不出还有别的什么词句可以用来描述和定义这种态度。尼采说，反讽是精神为了生活的缘故而进行的自我否定和自我背叛。"[31] 施勒格尔把反讽定义为赋予人最大自由的许可证。凭借它，人们可以"无限超越一切有限事物"，包括自己的艺术、美德或者天才。托马斯·曼不一定知道施勒格尔的相关论述。施勒格尔的另外一番高论托马斯·曼也可能没读过，尽管他提到过亚当·米勒。施勒格尔把自我创造和自我毁灭誉为最高境界，但随即又给否定的一方打了折扣："自我限制不必操之过急……"他还说："……自我限制不必用力过猛。"[32] 托马斯·曼则写道："精神的自我否定永远不可能做到严肃认真、干净彻底。"[33] 由此，尼采一丝不苟的认真态度被反讽家打了个折扣。

这是特殊类型的资产阶级反讽家。当邻国的资产阶级通过革命而非反讽崛起的时候，这类反讽家才第一次应运而生。资产阶级反讽——这种被托马斯·曼如此细致描写的姿态不可能有别的称谓——首先不是一种文学思想，更不是一种文学风格，而是一种姿态，一种意识，一种生活方式。

施勒格尔说，反讽源于"对生活的艺术感觉和科学精神"的交汇。这话可以用来粉饰托马斯·曼所钟爱的一对反义词，即精神与生活。然而，这类反讽家自然不是弗里德里希·施勒格尔和亚当·米勒笔下的产物。他们诞生在文学之外，他们诞生在贵族阵营。也许只是诞生在那些自我认识和自我意识都受到历史进程伤害的贵族阵营。日薄西山的贵族和蓬勃向上的市民阶级可能贡献了最多的反讽家。我请大家回忆一下施勒格尔在《露琴德》中写的句子："享受闲暇的权利，是区别贵贱的普世标准和真正的贵族法则。"

在托马斯·曼之前也有作为文学形象的反讽家，尽管没有这么绚丽多彩，但也足以引人关注。他们也发过声。我读过 1518 年胡腾 ① 写给纽伦堡的城市贵族皮尔克海姆的一句话。皮尔克海姆曾警告胡腾跟宫廷打交道要当心。胡腾在 1518 年 10 月 25 日的回信中写道："我可以做到一边沽名钓誉一边蔑视沽名钓誉。"[34] 让·保罗的《黑斯佩罗斯》也是 1794 年开始出版的，跟《全部知识学的基础》和《威廉·迈斯特的学习时代》同时问世。书中有一个贯穿始终的反讽人物形象：马蒂厄·冯·施洛伊尼斯。他的父亲是飞黄腾达的市民，被册封为贵族；在弗拉赫森芬根这个弹丸之地，这个新封贵族的儿子在"不同的阵营之间、在宫廷和小市民阶级之间来回穿梭"。对于这个马蒂厄，让·保罗评论道："他特别无耻。他可以一边做傻事，一边嘲笑自己做的傻事，一边与傻人为伍，一边对傻人嗤之以鼻。"[35] 这使人想起 1518 年的胡腾。托马斯·曼与胡腾可谓一脉相承。他在《一个不问政治者的看法》的"反讽与极端主义"一章中引用了保守派用来对付改革派的一句老话。这就是：fiat justica，et pereat mundus。意思是：即便世界覆灭，也要让正义永存。托马斯·曼借用这句话，还添枝加叶，他添加

---

① 胡腾（Ulrich von Hutten，1488—1523），德国人文主义者、作家、诗人，马丁·路德的支持者。

了 spiritus，即精神一词（这可能是为了影射他的哥哥亨利
希·曼）。于是，上面那句话就变成了：Spiritus fiat justica,
et pereat mundus（即便世界覆灭，也让正义的精神永存）。
让·保罗的小说在描写有关民主制的讨论的时候也用了这句
话。其目的在于把民主制的反对者描黑，托马斯·曼则是
为了美化民主制的反对者。在罗伯特·瓦尔泽小说《雅各
布·冯·贡腾》中也出现了一个反讽家：约翰·冯·贡腾。
他很有出息，已跻身上层。他的弟弟雅各布是一个零，是一
个可有可无的小人物。雅各布是一所学校的学生，他在这里
学习如何不失尊严地做一个可有可无的小人物。雅各布本来
压根儿不想跟约翰碰面，因为他知道，面对一个社会地位比
自己高出许多的人，他是无法表达真情实感的，他只能虚情
假意。他是一个不求上进的小市民，他不想这么做。他们偶
然在城里碰面了。约翰给雅各布上了一课，一堂反讽家的
课。他说在上层社会生活根本没意思："雅各布，对自己要
诚实，你蔑视你所仰慕的东西。"[36] 他给了他一个货真价实
的反讽家的忠告。这是胡腾的忠告，也是马蒂厄的忠告。

　　《威廉·迈斯特的学习时代》对反讽家这一问题进行了
细致的刻画。歌德让他的威廉立志建立民族剧院，威廉应该
变成一个艺术家。随后歌德把他变成了另外一个威廉，一个
现实主义者。这个威廉只是在书的开头相信自己天生是诗
人，相信自己可以创立民族剧院。他为什么有这一信念？
他说他要五彩人生，要健全的人格。他说，如果他的内心

还充满矿渣，他就不想生产无渣的铁。他说："我憧憬和谐地培育自己的天性，这是我天生所缺乏的。"[37] 在致舅子维尔纳的信中他讲述自己为何想成为演员："市民可以做出贡献，在极端情况下可以培训自己的精神；但不管他如何表现自身，他总要丢失完整的人格。"[38] 随便一个贵族都比他强。他说市民阶级"不可以问：你是谁？他只能问：你拥有什么？"，贵族阶级"可以拥有而且应该拥有五彩人生"；市民阶级则"应固守本色，如果他想光彩夺目，必然流于可笑或者低俗。前者应该自由行动、自由表现，后者应该用功做实事；他应该掌握一技之长，使自己成为有用之才，而且，有一个早就设定的前提是，市民的本质中不存在也不允许存在和谐，因为他为了使自己在某一方面变得有用，就必须忽略自己的其他方面。出现这一差别，不应归咎于贵族不知天高地厚和市民妥协忍让，而应归咎于当时的社会状况。我并不怎么关心情况是否会有所改变，也不关心情况在哪方面发生改变；总之，鉴于现实情况，我必须想想自己的处境，必须想想如何拯救自己，如何挽救并实现成为自己不可或缺的需要的一切"[39]。这是白描手法。他看见贵族"以优雅端庄应对日常小事"，同时又"在庄严肃穆的场合潇洒自如"[40]。他见识了贵族这种具有反讽特征的存在，但他没有用反讽来概括，他采用的是白描手法。他分析道：作为统治阶级，贵族并不受制于主宰整个社会的绩效原则；作为市民，如果你为了获得某种身份而不得不做出某种成绩，你就毁了自己。

后来，在第八章里，当维尔纳和威廉再度碰面的时候，小说对两人的状态进行了描绘。一个实现了自身，但并未变成演员；歌德注意到，艺术家和市民并不构成对立。这本书写于1777年至1794年间，对那个时代而言，这已经是非常了不起的现实主义；歌德在十七年的时间里实现了认识的飞跃，看出艺术家和市民之间是一种虚假的对立。托马斯·曼和他的应声虫们拿二者的对立津津乐道了一个世纪。

威廉变成了洛塔里奥的妹夫，娜塔莉仿佛是造物主挑选并保留起来的，以便这个出人头地的资产者娶她为妻，在不必遵循绩效原则的情况下变成公众人物。根据维尔纳的描述，威廉看起来变得"更高大，更强壮，更笔挺，更知书达理，更温文尔雅……"[41]。这名资产者说："人一天比一天懒惰。""我这可怜虫，他一边照镜子一边说，如果我不是一直在挣钱，我又算什么？"[42]威廉在内心深处残酷地、铁石心肠地证实了这一说法；他对舅子做出了如下评价："这个好人貌似没有进步，他退步了……他双肩下垂，面颊苍白，毫无疑问，这是一个勤勤恳恳的幻想家。"[43]这是一个遵循绩效原则的人的命运。由此，绩效原则和坐享其成原则的区别已经说得一清二楚。我们要投个好胎，以便有权光彩夺目而非被迫固守本色。我们要做可以叱咤风云却不必创造业绩的人。自我实现之难，不是因为你在某个阶级内部一会儿属于这个阵营、一会儿属于那个阵营。决定因素只有一个：你属于统治阶级，你是绩效原则的主宰，不是被迫接受绩效原则的人。如果你属于统治阶级，你的身份是诗人还是经理就完全无所谓了。统治阶级的自我意识也许在任何地方和任何时候都受到理直气壮的后来人的质疑。托马斯·曼在《一个不问政治者的看法》中一再拿他的时代与歌德时代进行比较，并一再指出歌德与法国大革命保持距离，其目的在于为自己寻找支持，因为他对民主制和民主派非常反感。他得到的支持是神圣不可侵犯的，但由于时隔 120 年，他得到的支持也显得怪诞。众所周知，他把矛头指向哥哥亨利希·曼。因为亨利希·曼支持民主制，他不得不捍卫他那保守的厄洛斯。他撰写《一个不问政治者的看法》，就是为了与亨利希·曼论战。他利用这本书中发展其反讽理论：他把他的反讽称作一种"道德姿态"，但这是"个人伦理而非社会伦理"44。实际上他在论证自己拒绝历史发展潮流的特权，而跟上历史发展潮流是每一个想被视为具有民事行为能力的人都必须做的事情。他赋予自己一种正当性。因为他觉得受到亨利希·曼（今天我们会称其为左翼知识分子）的刺激。他说过，他的反讽是"意志薄弱和宿命主义的，绝对无意严肃认真地、积极主动地为美好期望和理想服务"45。从苏格拉底到克尔凯郭尔，反讽一直在为理想服务。资产阶级反讽家使用反讽，旨在克服连他自己都觉得太尴尬的正当化瓶颈。由此，反讽变质了。它从一项为辩证法提供否定力量的行动手段，变成为那些一心往高处走、生怕走下坡路的人的谋生手段。这些人的自我肯定变得困难重重，它需要给他们提供正当化服务。这是两种不仅相互对立、而且相互排斥的服务，不可能由一种反讽来完成。反讽，在克尔凯郭尔笔下还作为辩证—否定力量出现，它现在根本就不再叫反讽，因为这个名字被占用了，占领者是作为提供正当化服务的女仆的反讽。出现这种状况，要归咎于托马斯·曼和追随托马斯·曼的文学研究者和评论家。这些人过去和现在都在直接重复他的正当化话语，他们可能还认为自己谈论的是托马斯·曼的反讽而不是他们自身的处境。我们的反讽家太多，反讽却很少。

3．虚无是怎样炼成的

　　前面我们谈到资产阶级的反讽家。这一发展在托马斯·曼的《绿蒂在魏玛》中登峰造极。这部小说通过对上帝和歌德和托马斯·曼的比较，得出如下定义：他负责进行包罗万象的反讽[1]。这不是反讽风格，不是反讽文学，而是作为话题的反讽。或者：作为反讽的世界主宰[2]。托马斯·曼在别的地方把这种资产阶级反讽称为"（超凡脱俗）天真烂漫、远离政治的文人气质"[3]。这是一种褒义说法，旨在——根据我的看法——解决一些正当化的难题。你只做你可以对其表示一点蔑视的事情，这是化为行为举止的反讽。这种反讽既可以出现在现实，也可以出现在小说当中；所以，这些小说不必成为反讽小说，它们多半也不是。现在谈谈真正的反讽叙事风格，这就是罗伯特·瓦尔泽的长篇小说《雅各布·冯·贡腾》。故事发生在一个仆人学校，校名为本雅门塔。黑格尔在描写主仆关系的时候写道，主人的自我意识源自仆人的服从和认可，仆人的自我意识源自劳动和有用性证明。人们需要雅各布培养其仆人意识。在《雅各布·冯·贡腾》中，有一些用来表述这种——可以这么说——否定性身份的句子，譬如："我蔑视我整个

的思维能力。"[4] 或者:"我对我的自我不以为然……我懒得
理他。"[5] "我蔑视一切未来的事物。"[6] 大家回想一下托尼
奥·克吕格尔说的话:"我是什么样就什么样,我不想改变
自己,也无法改变自己。这对我恰到好处。"这是沾沾自喜。
我们再看雅各布·冯·贡腾怎么说:"我蔑视我整个的思维
能力。"

　　《雅各布·冯·贡腾》是一部关于学校和教育的小说。
它开篇就讲述了一个很不典型的事情:在本雅门塔学校没什
么好学的,这里缺教师,什么都缺,"在本雅门塔学习的男
孩儿不会有任何出息,就是说,在未来的生活中,我们都是
小人物和卑微之人"[7]。学校就是为他们的未来做准备。他
们的首要美德是"忍耐和服从"[8]。这些东西一文不值,你
不可能取得成功,至少不可能取得外在成功,但是有望取
得"内在"成功。小说作者在字里行间对这别具一格的教
育大纲表示赞同,其实他希望把这种态度传递给读者。雅
各布·冯·贡腾写日记。开始写日记的时候,他属于初来
乍到,还没有被学校的培养目标同一化,他还想成为富人。
他有一个叫克劳斯的同学。克劳斯已是学校培养方针的化
身。每当他听说雅各布的思想如何不成熟的时候,总是耸耸
肩。但是在有一点上雅各布已经融入学校,这是所有学生的
共性:"我们很渺小,渺小到不足挂齿。"[9] 举一个反讽手法
实例,以说明罗伯特·瓦尔泽如何想把理性写进学校的培养
目标,如何想让学校的培养目标获得读者的赞同。小说里写

道，学生们身着校服："身着校服，既贬低我们，又抬举我
们。"[10] 学生们"像是失去自由的人"，这也许是一种耻辱。
但是，现在雅各布在反面事物中发现了正面意义："但是，
校服也让我们显得很英俊。"这可能比"穿着独具个性的破
衣烂衫一路走来"更好。这当然只是牵涉品位层面。对这
消极的校服进行的理性论证就重要得多："譬如我就觉得穿
校服很舒服，因为我从来都不知道自己应该穿什么。"为什
么？因为他从来不知道自己是谁，因为他自己的身份意识比
较混乱。小说在校服之前已经出现一句话："自从到了本雅
门塔学校，我就成功地变成了自身的谜团。"[11] 如果得意扬
扬地讲述一件其结果不应该让人得意扬扬的事情，那就是反
讽手法。雅各布在小说第一章的结尾展望未来："我在未来
的生活中将成为一个圆滚滚的零蛋。我将不得不作为老人去
伺候自信满满的、没有教养的年轻人，否则我将成为乞丐，
走向毁灭。"[12] 读到这里，人们自然会认为这是一个忧郁的
悲观主义者，读者会把这些话看成一时的情绪。

雅各布回顾了他在学校的短暂时光，以及他首次面对本
雅门塔先生的情景。本雅门塔教他应该如何走进其办公室。
雅各布学习了鞠躬。当他来到学校，看见克劳斯如何鞠躬
时，他还觉得克劳斯跟一只训练过的猴子一样滑稽；现在他
已觉得这种鞠躬方式"很合适、很美"，这是消极的进步[13]。
当雅各布热血沸腾地冲进办公室询问大纲、教师以及课程的
情况的时候，当他认为这个地方是"漆黑之地和云山雾罩之

地"的时候，本雅门塔先生冲他摆摆手，告诫他要镇定，然后继续读报[14]。"发动革命的尝试就这样结束了"[15]，雅各布在笔记里写道。经历这场失败的革命之后，雅各布把兴趣转向这所学校的"密室"；这是本雅门塔和他的妹妹——那位女教师——的起居室。雅各布希望在这些"密室"里能够为一切不可理喻的事物找到理由。"这里面一定存在神奇的事物"，雅各布想[16]。用外在替代内在，用当下替代未来。糟糕的日常生活变得可以忍受，因为存在另外一种东西：因为一定存在另外一种东西，因为平常事物、日常事物如此糟糕。在下一段马上就出现一个典型的缺什么想什么的小市民心态：他在乡下长大的，所以他在学校里渴望大自然。然后他马上在日记里用一种仿佛从歌德那里借用的庄严句式写了一句话："缺失感，这也有香气和力量。"[17] 每当他产生思念情绪的时候，他就思念他的母亲。每当他有所思念，接踵而来的就是对母亲的思念。但是他每次都产生抵触情绪：他的父母"应该习惯没有儿子了"[18]。他觉得自己拿不出手。他没法写信，他没什么好汇报的，他没有业绩，他不喜欢讲自己的事情。他希望自己是父母眼里的不肖之子。他的另外一个特征是，他喜欢超越规矩，破坏法律，因为他喜欢被人责备、咒骂。人们逐渐注意到，他一而再地超越规矩，原因很简单：被人骂的时候，他有更为清晰的自我感觉。然后他对自己就有了某种认识。他想象"带着一种可怕的意识死去是一桩妙不可言的事情。这种意识就是伤害了我在世界上最喜

罗伯特·瓦尔泽

欢的东西，并为此成为千夫所指。这个不会有人理解，或者
只有在反抗中能够感觉到美的震颤的人能够理解"[19]。美的
战栗可以有别的表达：自我战栗，在自我印证中战栗。

有一个叫彼得的与雅各布形成反差。彼得出现时小说进
行了如下描写："彼得绝对不学任何东西，尽管小说以幽默
的方式描述了学习对他的必要性……也许他在这里甚至会变
得比以前愚蠢好几倍，他的愚蠢为什么不可以更上一层楼
呢？"[20] 这让我们对于作为艺术风格的反讽有了感觉：一个
词，一个句子结构，原本褒义，在世界任何地方都专事表达
积极向上的思想，现在却传递全然相反的信息，愚蠢可以
尽显风采。这个彼得，雅各布心里想，日后一定会变成成
功人士，雅各布自己会找到一个跟这个彼得一模一样的主
人……。"因为这些蠢人命中注定是一帆风顺的，飞黄腾达
的，过好日子的，发号施令的。聪明如我，应该以饱满热情
为他人效力，让自己大显身手，鞠躬尽瘁。"[21] 这个句子是
从小市民客厅里搬来的思想武器。成千上万的小市民家庭都
讨论过一个令人烦恼的事情：在学校里，你是好学生，他是
坏学生，出了学校，人家却出人头地。这句话可信不可信，
要看怎么说。雅各布就以——史无前例！——就事论事的客
观口吻对这一发现表示了赞同。"聪明如我，应该以饱满热
情为他人效力，让自己大显身手，鞠躬尽瘁"：我们不能说，
写这个句子，只是为了让我们看出其破绽并莞尔一笑。其
实，这是一个我们必须认真对待的句子，但它包含对写下这

句话的人不利的内容。对于这类不动声色挑起一场针对其作者的否定运动的句子，在多数情况下我们必须因为风格技巧的缘故仔细观察，也许还要表示一点钦佩，因为没有什么事情比实事求是地写出一个事与愿违的句子更难。没多少人有这个本事。让·保罗在其《美学入门补习》中有一句经验之谈。他说，反讽需要"对语言进行冷却处理"[22]。反讽风格的又一个实例：雅各布想去看他的哥哥约翰。

"我不会去他那里……我是谁，他是谁？"[23]哥哥有出息，既有名又有钱。雅各布真的很思念哥哥。可是，每当他产生把他带到哥哥那里去的想法，这个想法就证明去看哥哥是一件不可能的事情。因此，促使他去看哥哥的想法一再导致去看哥哥的行动告吹。随后又是新一轮的思想运动。而这新一轮的思想运动又再次导致他的行动告吹。就是说，他的思想运动无法将他引向一个点，因为它将使行动告吹，并随时准备出击。他的思想运动总是在制造自身的阻碍，总是在一边发展，一边制造自身的毁灭。与哥哥见面的渴望，总是因为哥哥清晰地浮现在渴望见哥哥的雅各布的眼前而熄灭。浮现在他眼前的哥哥，有名气，有财富，举止高贵，充满自信，所到之处都有美女簇拥。雅各布心里随之又一次绝了跟哥哥见面的念头。他每一次的绝念，都是一桩典型的小市民的壮举。他是大人物，我是小人物，这一对比让雅各布的自尊受不了。他不能沾别人的光。他自尊自爱，不能成为别人怜悯的对象[24]。他对"熙来攘往的名利场"不感兴趣。但是他一次又一次地燃起渴望："是的，我真想见他一面，太想见一面了。"但如果他随即看见哥哥"事业辉煌、踌躇满志的样子，他就自问这是不是我的哥哥，他的见面愿望随即化为乌有。如果现在见面，我只能假装快乐，他也只能假装快乐"。所以他终于放弃了。原因在于，见面时他不得不用资产阶级的口气跟哥哥说话，仿佛这不是他的哥哥。所以他不必到那边去。他不会想念一个不是他哥哥的人。他就这样练习如何放弃。放弃是第一阶级美德。要不断练习，直到放弃都不像是放弃。随着阶级对立被现实主义手法激活，弟兄情义消逝得无影无踪，因此，不去见哥哥不再算是放弃。但只是看似如此。看望哥哥的心理压力比一开始大。但是越不可能越想去。这将持续一段时间，随后雅各布就会放弃，他会说"算了吧"，歇一段再说。

后来他在城里遇到哥哥。现在雅各布变成了作家，他在日记里描写那位成功人士。无论对于他的文风和分寸感，还是对于他对亲疏关系的把握，这都是一次极大的考验。我们能否从他对约翰的赞扬声中听出批评和责备？他会不会陷入修辞反讽？而非通过赞同使约翰越来越得意，最终让读者闹不清楚是否也必须表示赞同并由此陷入两难或者摇摆不定？只有当小说通过描写证明这副面具完全适合雅各布、从而迫使我们拍案叫绝的时候，作者罗伯特·瓦尔泽的化名就出现了，我们就单独面对这本书，不得不问自己这对我们意味着什么。"我们走进一个位于偏僻角落的小馆子，在那里

聊天"，雅各布在日记里写道；没人知道这次会面，这似乎
也符合哥哥的心愿[25]。我们也获悉哥哥如何对雅各布谆谆教
导。哥哥嘴里出来的都是好建议："做人要本分……从底层
做起……你看吧，社会上层，那里的生活简直没什么意思。"
约翰不厌其烦地对成功人士中间流行的"享清福吃老本"的
风气进行批判和揭露。但他自己在上层过得很好，也很享
受。他嘴上却说"没什么好的"。他还说："雅各布，富人都
自怨自艾。"无论他说什么，雅各布都是表示赞同。兄弟见
面这一章的真正内容，是描写雅各布如何表示赞同，约翰又
如何寻求雅各布的理解和赞同，并且把他所喜欢的理解和赞
同的形式固定下来。约翰的建议、他所表达的厌恶都是反讽
家的说辞，与胡腾、马蒂厄、施勒格尔如出一辙。他们都把
自己正在享受的生活方式、把自己离不开的生活方式说得一
无是处。但雅各布的反应迫使约翰那套资产阶级反讽家的说
辞有了事与愿违的效果。他第一句话就断定"上层社会的生
活没有什么意思"，他接着补充一句"可以这么说吧"，然后
他说："别误会，亲爱的弟弟。"下一句话之后他补充："我
希望你没完全理解我的话，假如你理解了我的话，弟弟，你
的脸色会很难看。"又过了一轮："我一直希望你别完全理解
我，因为如果你彻底理解了我的意思……我的脸色就很难
看，我接过他的话头。"他们又笑了。约翰随后说："你这年
轻人的傻笑有扼杀思想的效果。"生活在资产阶级世界的约
翰又把资产阶级世界数落了一遍，然后说："你看，我一直

希望你别把这些事情理解得太透彻。我有点担心。"然后雅各布说："可惜我过于聪明，没法像你所希望的那样误解你。你揭露的事情一点没让我感到恐惧。"又过了一轮："你又在点头了？见鬼，你的理解力怎么如此地强。你是一棵挂满理解的果实的大树。"两人又说了几句套话，然后各自走自己的路。总之，雅各布的赞同让哥哥感到疑惑。哥哥的疑惑一次比一次大。他通过赞同让哥哥滔滔不绝，将其言行不一越来越明显地暴露出来。假设雅各布表示异议，约翰就会进行自我辩护，努力证明他的观点和他的生活其实还是可以统一的。雅各布的赞同让约翰感到意外。他自己觉察出自己的说辞存在的矛盾。尽管如此，听者还是有人表示高度赞同，这引起他的内疚。但他自己用一句"可以这么说吧"打开了第一道裂缝，这给雅各布的赞同留下发挥作用的空间，使约翰生活中的矛盾越来越不可调和地显露出来。雅各布在日记中写道："这是事实，我对所有事情都轻轻松松地表示赞同。"但是他也在日记中说他喜欢约翰说的一切，因为约翰说的话里面兼有骄傲和悲哀，"骄傲和悲哀"总是"相得益彰"。

　　罗伯特·瓦尔泽把理解这个本身极具反讽特征的人物的难题变成了小说的主要话题，可以说他本能地避免了单纯的修辞反讽效果。约翰这一人物形象具有天生的、完全不用日记作者劳神的反讽特征。他的反讽特征明白无误地来自他的社会地位。这是资产阶级世界的腔调；说是说，做是做。克尔凯郭尔把这种腔调称作"精神贵族腔"[26]；他在这种反讽里面发现"一种高贵气质,因为它即便想让人理解也不想直接让人理解";它"仿佛要保留其高贵的匿名身份"(微服出访):"反讽这一修辞手段在上层社交圈子里是作为一种特权出现的,它和 bon ton(好的教养)属于同一个范畴,则要求人们对天真无邪莞尔一笑,同时把美德视作狭隘,尽管人们在某种程度上相信天真和美德。"[27]克尔凯郭尔把"上流圈子"的反讽言说与封建贵族说法语的习惯进行比较[28]。让·保罗的《黑斯佩罗斯》对这一修辞手法做了最为细致的研究:马蒂厄,宫廷容克贵族,他父亲是冯·施洛伊尼斯大臣,一个来自资产阶级的新封贵族。马蒂厄东游西逛,在整本书里都作为反讽家发挥作用。但是,由于他总是被冠名反讽家,他对读者不再以反讽方式产生影响,他只是展示了反讽在宫廷世界和宫廷环境中的功能和影响,就是说,这是纯粹的讽刺文学。如果马蒂厄说点针砭君主的话,书中就点评道:"他说这话(不是为了影射,而是为了出风头)……"[29]如果是影射,对让·保罗而言这就是一种严肃的批评言说方式,就是讽刺文学的言说方式;马蒂厄只是在戏仿这种言说方式;他不想表达一种观点,他只想出风头:为此他使用反讽,修辞反讽,容易识别的反讽。当他参加激进民主派的讨论时,有人说,与其不公正地让个人为集体受苦,不如众人集体受苦。大家都是这一看法。除了马蒂厄。马蒂厄插话说:"(哪怕世界毁灭,也让公平正义永存)。"[30]这是修辞反讽。在《一个不问政治者的看法》中,托马斯·曼跟马蒂厄一样，以反讽—论战的方式一字不变地拿这句话去对付他当时所仇恨的民主派 [31]。他这么做有其客观必然。他和马蒂厄一样，是来自上流圈子的反讽家，他为了文学和他哥哥的缘故跟民主派发生冲突。维克多·塞巴斯蒂安，《黑斯佩罗斯》的主人公，抱怨这位马蒂厄拿刀迫害他，"刀的一面有毒，或者两面有毒" [32]。维克多·塞巴斯蒂安冷嘲热讽地对这类反讽家所制造的反讽进行了总结："这幸福的宫廷生活让我感觉煞风景的，是人们普遍缺乏伪装。因为这里没人相信自己所听到的，没人思考自己在别人眼里是什么形象；所有人都必须像玩扑克那样循规蹈矩，扑克的正面永远对着自己，不管好牌烂牌，永远波澜不惊……因此，既然普遍的伪装不是伪装，既然大家彼此怀有戒心，撒谎肯定行不通，你只能智取对方。" [33] 再次勾勒反讽家的形象："这独一无二的马蒂厄只想冷嘲热讽。在他看来，嘲讽是因，严肃为果，而非相反。他特别无耻。可以一边做傻事，一边嘲笑这些傻事，一边跟傻人交朋友，一边对傻人嗤之以鼻。" [34]

　　这种做法已成为沙龙传统和带有沙龙时尚的小说的传统，在托马斯·曼这里，它还是逍遥法外的制胜法宝。当然，他的化妆艺术功不可没。他的社会权力和社会地位需要他装扮歌德。托马斯·曼塑造的歌德–上帝木偶在《绿蒂在魏玛》中宣称："世界霸权作为反讽和愉快的背叛——把一个出卖给另一个……"最后，托马斯·曼还是让他的诗人–上帝"奉献一点爱心" [35]，虽然他的诗人–上帝是超凡脱俗的、冷若冰霜的、事不关己的、充满恶意的、中立的、没有立场的和价值中立的。罗伯特·瓦尔泽三十年前就做出了表率。他让他的反讽家约翰说过如下一句话："……若有可能，我就为什么人做一点好事，奉献一点爱心。"[36] 进行自我原谅的反讽家八面玲珑，还想做做好人，托马斯·曼在不知不觉之中做的事情，罗伯特·瓦尔泽早就通过约翰这一人物形象使其变为笑柄。让·保罗则通过马蒂厄这一形象制造了同样的笑柄。虚构可以料事如神。

　　除此之外，这种体现良好修养的反讽（bon-ton-Ironie）或者修辞反讽在《雅各布·冯·贡腾》里面很少出现。雅各布依靠的手段是永无止境的赞同；他不是赞同一次就了事，就形成一种固定的关系；不，他的赞同改变了他所赞同的事物；他对已经改变的事物继续表示赞同，他的赞同又改变了这已经改变的事物，他继续表示赞同，继续改变被他赞同的事物，如此循环往复，直到我们不再了解的我们自认为了解的事物；但是，由于被这场赞成运动所吸引，我们也产生了表示赞同的冲动。但是我们能够这么做吗？这样做太过分？我们也找不到作者了。我们别无选择，只能在心中开启这场被阅读的运动，以便看看我们可以发表什么见解，我们可以获得什么身份。

　　在歌德笔下，有些句子从小说体系脱颖而出。它们被体系所创造、所承载、所推荐、所宣传，而且不再相对化。托马斯·曼的作品体系由小说和随笔构成。如果研究这一体系的形成和关系，尽管"有所保留"，我们将毫不怀疑托马斯·曼是一个喜欢夹叙夹议的作家。相反地，我们在罗伯特·瓦尔泽的作品里看见的是一个充满反讽的，也就是叙而不议的体系，尽管不理解贡腾-面罩的作家同行和批评家都喜欢批评罗伯特·瓦尔泽喋喋不休、废话连篇。像罗伯特·瓦尔泽这样叙而不议的，可能只有卡夫卡。

书中有一些描写对学生进行特殊训练的段落。学生们分身体部位进行训练：鼻子、手、眼睛、耳朵、嘴巴、头发。每次都是先因势利导，顺其自然，然后按照学校的教学大纲反其道而行之。学校的训练战胜了学生的天然倾向。如果教学大纲得以贯彻，学生就不复存在。这很清楚，这是教学大纲的意义所在。雅各布在日记里写下这么一句话："多数情况下，听命者和发号施令者看起来一模一样。"[37] 因此，不仅是学生受到压迫，不仅是学生学习压迫自己并且——这是主要的——为压迫唱赞歌。而且，如果学生不变成发号施令者，就一事无成（没有身份）。面对这种把自然变成文化的辩证法，我们自然想到托马斯·曼，因为他把自然之子和精神之子搞成僵硬的对立，仿佛这是两个永世不会碰面的物种；如果要尝试在二者之间进行斡旋，他就搞一些人不人、鬼不鬼的词语搭配，如祝福带来的诅咒之类。在罗伯特·瓦尔泽这里，身体部位和面部器官被当作命令接收器进行长期训练，直到昔日的大自然产物变成人工产品，直到他一举手一投足都像个发号施令者。这是权威现象学。这种教育学的核心理念就是：少而全。这听起来并非不理性，这点我们都得承认。雅各布对这一核心理念进行了如下阐释："我们理解了一个又一个的道理，我们理解哪个道理，就被哪个道理所征服。不是我们征服道理，而是相反，貌似被我们征服的东西，最后成为我们的主宰。"[38] 这大概可以叫作辩证法。对于一个写出这类句子的作者，罗伯特·瓦尔泽时代的两大唯心主义君王——赫尔曼·黑塞和托马斯·曼——竟然充满好感，夸他具有一种高级牧童气质，评论界却把他看作一个可以中彩（撞大运）的废话连篇者。这个现象让我一再感到诧异。

雅各布说过："我们对自身的信仰就是我们的谦逊。如果什么都不信，我们哪知道自己多么渺小。"[39] 这句话是一朵充满反讽精神的艺术奇葩，它无愧于一个伟大传统。这是本雅门塔学校提供的身份。因为我们不算什么，所以，如果我们相信自己，我们就相信渺小。所以才有雅各布的名言"我们对自身的信仰就是我们的谦逊。如果什么都不信，我们就不知道自己多么渺小"。通常人们都拿这类遣词造句来证明言者拥有满满的自信：相信自我，这多半因为拥有一个稳妥的身份。但这所学校宣传的是，如果我们什么都不信，我们就不知道自己多么渺小。这类句子有时需要我们闭着眼睛大声朗读，只有这样，它们才会余音缭绕。这句话让我想起苏格拉底的名言：我知道我一无所知。知道这个及物动词受到否定，一个相反的运动随之而来：我们能够知道自己一无所知。这里说的信仰就是这种情况。这个道理不必去古希腊学习。我们的作家无师自通,他从自我身份和自我意识中悟出了道理。上面摘录的日记可能会给人一个印象,仿佛雅各布只是一个记录自身渺小的牺牲品,但事实并非如此;他逐条反对学校的教学方针。他走到这一步,是因为他想"走出自己的人生道路",他心底里急不可耐地想"实现自我教育计划":他上这所学校,是"为了自己教育自己,或者为将来的自我教育做准备",因为"人们在这里为可能出现的乌云压顶的艰难未来做准备"[40]。

　　下面这句话堪称学校的教学方针的一块纪念碑:"我们是好学生,我们对生活不抱期望,我们甚至严格禁止自己对生活怀有希望,我们的生活却照样过得平静而愉快。"[41]现在,普通的教学方针遭到严重颠覆,人们已经看不见它这个参照点。面具开始变得不透明了。迄今为止对荒唐训练的称赞也许总是达到了理性的效果,促使人们把它的反面当成好的,但是学校的教学方针却包含许多有用的原理。它们比从佩斯泰洛奇到萨勒姆王宫中学的唯心主义教育理念更能让学生应对现实的世界。况且这些不怀希望的人过着轻松愉快的生活。雅各布也自问这是否来自其狭隘或者愚蠢。他用一个非常积极乐观的过渡进行回答:"我们激动得周身震颤。"他说这都是"勤奋的、努力探索的人们"。虽然很快得到安慰:"因为我们很不把自己当回事。""太把自己很当一回事,就难免被人贬低……"他在这里找到表达学生尊严的概念:

"这是一种非常灵活的、小小的、具有弹性和韧性的尊严。"
学生的"价值"就在于"等待"。他们"仿佛在侧耳倾听，
倾听远方的生活，倾听远方的平原——人们称之为世界，倾
听远方的波涛汹涌的大海"。一个句子里面有三个"远方"。
都说不抱任何希望才能最好地应对世界，可谁知道学生们将
要应对哪个世界？他们可是在等待进入这个世界。在没有希
望和等待之间可能出现一种紧张关系，这一段的第一个句子
就把这种紧张带入一种辩证关系。书中写道，人们在学校学
习"感受并且承受损失"。并且二字再怎么大写都不为过。
我们越会感受，我们就越会承受。这是一个跟苏格拉底的
名言一样极端的反讽过程：我知道我一无所知。我知道得越
多，我就越是知道自己一无所知。他越是学会感受损失，他
就越能承受损失。逻辑矛盾提供了反讽品质。

　　克劳斯同学憨厚老实，这让雅各布怎么看也看不够[42]。
现在他也理解为什么大自然把克劳斯压缩成侏儒，搞成了畸
形：它想保护克劳斯。保护他什么？以免他取得"有害的
外在成功"。然而，尽管"这个丑陋的大自然杰作"举手投
足都很笨拙，在社交场合却没有比他的"糟糕而质朴的举
止"更美的东西。"不，克劳斯永远不会取得成功，他既不
可能情场得意，也不可能在其他生活领域得意"，但"这正
是一件神奇的事情，一件督促人们牢记造物主的事情"。在
这里，上帝被誉为伟大的粗心匠人，被誉为小市民的服从美
德和放弃美德的最终和最高的源泉。雅各布滔滔不绝，他对

克劳斯的畸形表示赞同，他需要对自己的表态进行越来越巧妙的论证。或者说，他需要给一个被众人视而不见的卑微人物找一个巨大的亮点。既然克劳斯一心一意想帮助他人、服从他人、服务他人，人们就会利用他。这中间"有一种金光闪闪的、闪耀着善良和乐观光辉的神圣正义"。说起下面这个让他痴迷的事实，雅各布更是津津乐道："克劳斯不会收获成功的花朵和爱情的花朵，这是一件好事，因为成功人士必然要走进死胡同，必然要津津乐道廉价的世界观（老生常谈）。"当雅各布最终不得不中断写作（"我撒撒野"）的时候，我们就可以看出雅各布在这里写的是他自己：他在尝试对自己未来必将遭遇的一事无成和无人理睬的命运表示赞同，他想给自己在世界上找一块光荣的立足之地。他的尝试显得大胆、紧张而且疯狂，这要归咎于他的文字所应对的事实。一件事情，天天都以如此糟糕的面目出现，现在却说它美妙、公平，并且要予以肯定，这听起来的确很疯狂。人们突然发现，还从未有人白纸黑字地宣布存在即合理。每个人都把现实状况描述为一种临时的、未来的或者过去的状况。目标在此消失了。未来没有了。变化没有了。对成功的希望没有了。希望本身没有了（"我们学生不抱任何希望"，"我蔑视一切未来事物"）。这里第一次有人对当下现实表示赞同：我们的目光前所未有地犀利，我们看出现实是多么地可怕。如果因为现存事物声称自己是理性的人们就强调现存事物保持不变的意愿，那么人们能够立刻在现存事物中察觉出的荒唐。现在这种荒唐变得触目惊心。

雅各布在日记里撰写的内心独白是一种对话结构和辩证结构。描写学校的"体操和舞蹈课"那一段就是一个范例[43]。这是小说唯一对其进行叙事的课堂。它也继续演示如何把天性改造成人工产品那一节的内容。看看这种辩证推论是如何形成的？

A1：谁必须展示技巧，谁就容易出丑（弄巧成拙）	B1：虽然我们学生不彼此嘲笑。不是吗？
A2：哦，不对。如果不能用嘴笑，我们用耳朵和眼睛笑。	B2：虽然也可以为眼睛制定规则。
A3：可是，这么做非常困难。	B3：不可能，譬如这里不可以眨眼睛。
A4：可是，人们有时候就得眨眼睛啊。	B3：但有时可以不眨眼睛。
A4：可是，一个人即便完全戒掉了天性，也总会残存一点点……譬如瘦高个儿彼得就很难戒掉他充满本真和个人特色的天性……要他跳舞的时候，他就是一根木头，木头就是彼得的天性。	

如果之前人们觉得必须站在天性的一边，在情感上反对克服天性的实践，现在就会突然明白彼得克服其木头天性更好，克服之后他就可以跳舞，就可以练体操。人们可以产生上当受骗的感觉。给眼睛制订规则！听到这人们会产生进

一步的联想：这又是怎样一种训练！但如果运用到彼得身上，对自然的否定就是一项积极的措施。或者这么说：彼得的天性抵抗各种否定其天性的努力，他的木头天性否定克服其天性的行动，它对否定进行否定，尽管如此，这不是一项积极的措施，对于一个想跳舞的人而言，这又是一项消极措施。如果对否定（戒掉）之否定进行否定（也就是真正戒掉自己的天性），这才变成肯定。雅各布也把这个用到自己身上：他"非常、非常喜欢阻止自己放声大笑"。在彼得的例子里通过循序渐进描写的事情，现在作为矛盾得到最最简要的概括：总是二者并存。"痒得很：忍不住继续抠。"下一句："不可以存在的、必须下到心灵深渊的事情，我都喜欢。"再下一句："它们变得更令人难堪，但同时也更加宝贵，被压抑的东西。"再下一句："没错，没错，我承认我很乐意受压迫。"再下一句："虽然。"他现在又要进行再一轮的争辩？"不，不能总是虽然。请虽然先生走开。"雅各布想停留在自己可以感觉到的被否定的状态。"如果我心花怒放，如果我几乎都不知道拿这吱吱冒烟的爆炸物往哪里扔，那么，我就知道笑是什么了，我就以最标准的方式笑过了，我就彻底清楚是什么事情让我笑得前仰后合"。"哭"也一样。"爱"更是这样："缺乏爱，没错，这就叫爱。"现在完全就普遍而言："一切被禁止的，都绚丽多彩；应该死去的，都充满勃勃生机。"对放弃的歌颂，可谓登峰造极。雅各布的风格达到一个普通水准。对于他的敏感神经，这是难以忍受的巨大轰鸣。如果有一个例子超出身体的范围，他就感觉恐怖。每当这种时候，自我解构的风格就能大显身手："说得很漂亮，很日常……"更加自我解构的效果："我又有点饶舌了，不是吗。我承认自己有点话多，因为这一行一行的空白必须填满。禁果是多么令人神往，多么令人神往！"这是一个真正的反讽果实，它来自最具反讽精神的辩证法-行动。

小说先是用看似修辞-反讽的方式对刻板训练表示赞同，从而激活我们对刻板训练的偏见。这一过程在开放的对立中展开。有关彼得的木头天性的例子促使我们承认刻板训练对于某些人只有好处。雅各布则对他的笑进行了全新的生理—心理学分析，向我们证明了憋着不笑比开怀大笑更有好处。但如果他随后以极端方式把这个应用到他自己的写作场景，他就会发现，他一直在做的事情，也属于被禁止、被压抑的范围：他一直喋喋不休，想哪儿说哪儿。为了制造噱头，在被压抑者和被禁者之间还发生了话语互动，压抑和禁止不再发生在雅各布心里，而是以雅各布为目标，以雅各布为攻击目标。但这种事情一直在发生："没错，没错，我承认，我很乐意受压迫。虽然——不，不能总是虽然。请虽然先生离开。"在此，他将自己对深受压迫的钟爱和盘托出，然后寸步难行。深受压迫有什么好说的。他只能举一反三。喋喋不休被禁止：雅各布可以觉得自己受到压迫，因为他喜欢废话连篇又不可以这么做。但喋喋不休，这种最能由自身决定的言说方式，一种自由。因此，雅各布在喋喋不休之中所享受的，是被禁止的自由果实。现在他实实在在地享受着这些自由的果实。而且不仅在这个地方。他在一则有关刻板训练、有关压制天性训练的日记里讲述了有关情况。这是我们能够想象的最完美、最诱人、最感人的赞同：自由只有作为被压制的自由才是美的。这是对小市民的处境的辩护：最荒唐的辩护。他走到这一步，既有外因，也有内因：他为自己深受压迫找到最体面的道德理由即客观理由。我们可以把这称作反讽行动。

无论从内容还是形式考虑，现在都需要把诺瓦利斯翻出来看看[44]。诺瓦利斯写过一篇《独白》，开篇第一句话，来了一句听着很疯狂的论断：

1.

a1：真正的谈话是单纯的文字游戏。

b1：只不过：人们以为自己在谈论某个事情。

a2：为了说而说，就会说出最美妙、最新奇的真理。

b2：谁想说点特别的事情，谁的语言就让他说出最可笑的事情。

a3：人们嗤之以鼻的喋喋不休，体现出语言无尽的严肃。

2.

人们对语言首先是理性的工具这一普遍信仰进行了否定，但没有谁比诺瓦利斯做得更彻底。现在诺瓦利斯别出心裁。不是像罗伯特·瓦尔泽那样从新的生理学和心理学谈起，而是借助类比进入抽象层面：数学公式是一个自为的世界，它们自己跟自己游戏，它们所表达的没有别的，只是其"神奇的特性"；但恰恰由于它们专注于自身，它们"反映出万事万物的奇特的关系游戏"。"语言也是如此"。

3.

| a4：所以，谁服从语言的引导，谁就成为先知 | b3：如果谁虽然明白这个道理，但对语言缺乏听觉，他就跟笔者一样撰写论文。 |

4.

a＋b：由此，我们再清晰不过地说明了文学的本质和功能，但没人理解，因为这很傻，因为我想表达自己的思想，这就没法产生文学了。

就是说，诺瓦利斯进行了理性分析，而非喋喋不休。他想用不同于喋喋不休的方式证明喋喋不休具有创造潜力。他离喋喋不休越远，他就越发清楚地向我们证明他不想给我们证明的事情。这是一个反讽过程。但是这种只包含纯粹否定的形势难以为继。罗伯特·瓦尔泽不仅在这个地方，其实在他美化自我压制的每一个步骤都以整个欧洲小市民的舍己意识形态做参照（着眼于）；因此，他可以从这个领域搬来新的生理学和心理学，像跟乐队配器一样给自己的各个步骤配器。随着一步一步的推进，被禁止的事情变成了真正的美和正确的事物，但只是作为被禁止的事情。喋喋不休是禁止的，但是很美，也很正确，作为被禁止的事物，它还"令人神往"。"禁果多么诱人。"他在这一段的结尾写道。这是从社会关系产生的小资产阶级的教理问答。

诺瓦利斯不得不借助问题和预感走出彻底的否定带来的无紧张状态：如果他在这里讲的有关语言的一切道理都是"语言的灵感和内在影响力的标志"，那该怎么办？而且，"如果我的意志只想知道我知道的一切，那么，最终这可能在我不知不觉之中变成诗……"这有点空中滚翻的意思。至少，他不是用别的办法，而是扯着自己的辫子把自己从否定中拉出来。他之所以能够这样，是因为他突发奇想，认为主观意志和客观必然性可能在他心中形成一种趋势，他有可能让自由和必然在他这里完美地合二为一。这是魏玛古典的思想趋势；这是一次以乐观的意识为前提的行动。诺瓦利斯最后迈出这一步，是罗伯特·瓦尔泽迈不出来的。这是主人迈出的步伐。罗伯特·瓦尔泽保持反讽。他的面具是一种强制措施。由于其理论缺乏现实支撑，诺瓦利斯没有借助任何对象，而只是凭借乐观主义迈出了最后这一步。在此之前，他跟罗伯特·瓦尔泽在反讽进程中步调一致。由于贴近现实，罗伯特·瓦尔泽成功地迈出了最后一步。这不仅是貌似对象强制的结果，而且就是对象强制的结果。被压迫者对自身所受的压迫满心赞同，以致他可以继续对自己进行压迫；他的点子很多，可以让压迫者变得无影无踪；被压迫者只能把享受、爱、生活当作被禁之物来享受，没有压迫根本，他根本就没法活下去；他的生命只有作为被压迫的生命才有价值。把压迫理性化，最伟大的地方在于不仅从宗教和道德角度对压迫进行了美化，而且从自然科学和幸福哲学的角度对压迫进行了辩护。这是作家受到反讽诱惑的结果。这是远离随心所欲的彼岸。他本人一定受到这种诱惑。我们可以拿走到这一步的反讽跟《魔山》进行比较，看看当纳夫塔被称为"保守革命家"的时候它的反讽达到了什么境界；或者看看汉斯·卡斯托普从雪山历险悟出的真理：人是"各种对立的主宰"（歌德的《威廉·迈斯特的学习时代》说人是"地球之神"）；《魔山》还说，它们即对立面"因为人而存在，所以人比对立面高贵……"《绿蒂在魏玛》则最终炮制出"祝福带来的诅咒"这一概念。在罗伯特·瓦尔泽这里，这一进程是辩证的，因为刻骨铭心的经验继续推进反讽运动。这里并非拿一个事物跟另一事物形成对立，而是某个事物具有某个发展趋势，这一趋势受到阻碍和否定，由此才使人意识到它的存在（正如费希特的《全部知识学的基础》所说，只有在自我的趋向无穷的能力受到阻拦和反弹的时候才出现自我意识），然后人们才对这一趋势受阻进行肯定，才把压迫和否定内在化，就是说，人们自己制造压迫；人们明白了一个道理，即没有被压迫的意识就没有自我意识。人们赞美这种否定的自我意识，因为它是我们所拥有的一切。

根据自身经验把费希特的操作（Operation）化为实践的反讽家，不是将翱翔（Schweben）庸俗化的施勒格尔，而是拥有否定的自我意识的罗伯特·瓦尔泽。

沙赫特同学去外部世界闯荡了一番，失败了，回到学校[45]。雅各布想象有一个世界，它很美好，不会伤害这个"孩子"："现在他蜷缩在学校宿舍的角落，一会这一会那，满心羞愧，面对他深感厌恶的、又一无所知的未来世界瑟瑟发抖。"在此我们可以回忆一下威廉·迈斯特的状态：他"舒舒服服地躺下睡觉……他清早醒来，思考白天将要处理的事情"[46]。我们当然可以拿看不见摸不着的自然光子或者命运神话来掩盖这些差别；但是我们也可以在现实条件里找原因。由于条件的差别，有些作家去刻画生活安逸的人物形象，有些作家的笔下则出现对未来充满恐惧和拒斥的人物形象。威廉固然自身很努力，但是一个高高在上的塔社对他帮助更多。塔社是一个贵族社团，旨在接替不再替我们安排人生的上帝。雅各布只能为瑟瑟发抖的沙赫特同学构想并不存在的乌有之乡。本雅门塔小姐也帮不上忙。上帝呢？小市民依然依靠上帝。但如果把上帝和沙赫特同学联系在一起，雅各布就发现一个不对称的关系：上帝"高高在上，爱莫能助。施以援手，减轻负担，这哪是全能者做的事情，反正这是我的感觉"。由此，反讽的矛头指向了上帝，上帝在雅各布的体系中找到一个位置：他过于万能，所以无法给一个真正的弱者施以援手。二者相距太远。帮助能人，这可能"更像"是全能者做的事情。现在雅各布学会了这一课，还能够背诵出来："……我厌恶生活……我不喜欢进入生活、踏入世界。我蔑视一切未来之物。"[47] 这个学生对教育本身如此痴迷，以至于对生活只能产生恐惧和厌恶。

如果上司把他撵出办公室，雅各布能够启动自己的重新评价机制，把这算作一次胜利[48]。这时他会吐出舌头，再嘿嘿一笑。"可以想象的最纯粹的压抑的笑。"由此，他直接应用被压迫训练的结果："哈哈大笑的时候，我的头顶上就没有什么东西了。这时我就气吞山河指点江山，而且无与伦比。在这种时候，我就非常非常地伟大。"就是说，当他受凌辱、被驱赶、被贬低的时候，当他连笑也不可以笑的时候，当他不得不忍气吞声、压制自我的时候，他就非常地伟大。大家可以比较一下托马斯·曼对伟人的想象：他在《绿蒂在魏玛》中写道："我们见识了伟人现象，在他们身上，伟人和人性平分秋色。"[49] 托马斯·曼和他的社会先祖弗里德里希·施勒格尔一脉相承。后者说过同样的话："一切兼有善良和伟大品质的，都是佯谬。"[50] 正是在议论伟人的时候，托马斯·曼抛出了奇谈怪论，什么"祝福带来的诅咒"，什么"人性的双重处境"。但众所周知，这种时候不再有"渴望和饥肠辘辘的现象"。伟人的内心古井无波："精神在伟人身上登峰造极，却不见一丝对自然的敌意，因为它在伟人身上获得一种品性，自然对这种品性就像对造物主精神一样充满信任，因为它以某种方式跟造物主精神紧密相连，因为它是与创造精神很熟悉，它是自然的兄弟，大自然心甘情愿地吐露自己的秘密；因为创造性思想是让精神和自然紧密相连、合二为一的亲如姊妹的元素。"[51]

在昔日的施勒格尔、歌德、尼采笔下，各种的紧张使精神和自然的关系变得危险并且保持活力，现在它们都通过泻药治疗方式得以缓解。"创造性思想"就是泻药。所以，伟人和伟人的差别是如此之大。在前者，做人，还很善良，就已经具有某种神圣品质；在罗伯特·瓦尔泽这里，先得渺小得不能再渺小，才能变得伟大。"先得有人把我赤条条地扔到冰冷的街道，"雅各布的日记中写道，"我也许才会想象自己是海纳百川的造物主。"[52] 越悲惨，越伟大。这是一条公式。是从他的身份得出的："我对我的自我毫不尊重，我对它视而不见，对它没感觉。"在这里，他几乎直来直去，不戴面具，所以他最像他的同班同学让·保罗，因为让·保罗总是最喜欢展示真实面目，不戴面具："到了那一刻，这个人打量自己的身体，然后打量其自我，然后打了个寒颤。——自我孤零零地站在他的影子边上。一个满是气泡的宇宙在颤抖，在噼啪作响，在萎缩，你听见一个个的气泡在消失，你自己是其中的一个。"[53] 与自我保持这种可怕的距离，这在《威廉·迈斯特的学习时代》里面也出现过一两次，但那是心血来潮的结果。罗伯特·瓦尔泽所刻画的这种自我，这是具有建构性意义的常态。在这一段的结尾，作家又变成他的雅各布："我心花怒放，因为我在自己身上看不到任何值得尊敬的对象，看不到任何值得一看的东西！做小人物，永远做小人物。假如有一只手、有一种情况或者一股浪子把我托举起来，让我抵达有权有势、耀武扬威的高度，我会把造就我的一切打碎，再把我自己扔下黑洞洞的、无声无息的万丈深渊。只有身处低洼处，我才能正常呼吸。"[54]这是他的肺腑之言。

这话几乎可以从政治角度进行解读。马克思、恩格斯嘲笑过小资产阶级，托马斯·曼嘲笑过不懂高贵和伟大为何物的庸俗市民，但如果和小资产阶级给自身规定的否定性意识和非自我意识相比，如果和罗伯特·瓦尔泽给自身规定的否定性意识和非自我意识相比，马、恩的嘲笑和托马斯·曼的嘲笑加在一起也微不足道。马克思、恩格斯、托马斯·曼是站在大资产阶级的高度看小资产阶级。罗伯特·瓦尔泽是从自身经验了解小资产阶级。因此，雅各布体系的反讽进程的政治因素就在于否定性变得如此理直气壮，以至它将打碎一切想瓦解它的事物。

从第一则日记到最后一则日记，雅各布都在把否定当作美好的事物来感受，同时又当作正确的事物来承受。他以满腔的热忱塑造自身，让自己永远做一个零。但是他一刻也没成功。他时刻都清楚世人永远会把他当零对待。他没有一时一刻做到真正的逆来顺受。但是他时刻要求自己不仅要逆来顺受，而且要从中找到满足和尊严，卑微者的尊严，要找到舍我者的自我意识和小人物的伟大，还要放弃名叫"世界"的未来。但是，对走入世界的愿望和对未来的诱惑的每一场歼灭战都会引发新一轮的渴望，这新一轮的渴望将在新的客体里扎根，而新的客体又会招惹下一轮的毁灭。这是一场只能导致筋疲力尽的运动，也就是一场不能引向某个方向的运动，而是只能自我消灭的运动。这场运动在进行中消灭自身。它在消耗自身，损耗自身，直至把自己彻底消灭：思想空白是唯一能够结束和继承这一运动的状态。思想空白，这里一无所有。学校里有点内容。但也只是一点力量。现在已消耗殆尽。雅各布在第一段说："在未来的生活中我一定做一个零。"前一则日记说的是："我孤身一人就是一个零。"这部教育小说讲述的就是这样一个故事：一个零蛋把自己当零。他认同自己的零身份。他让其零蛋存在决定其作为零蛋的自我意识。在未来等待他的，是具有拯救功能的沙漠和荒野，或是异曲同工的上帝。

　　我们可以心安理得看待这部小说吗？罗伯特·瓦尔泽的具有行刑功能的反讽无疑得到精确写照。但是，师徒组合意味着什么？为什么一开始就指出雅各布不再离开这里？他为什么对与师傅融为一体这个事情越来越肯定？雅各布不仅乐于效劳，他还说他所经历的一切是一个被吞噬的过程——他说了不止一次。师傅有点吸血鬼的性格。但即便说"吸血蝙蝠"，这也只是为描述这一关系增添了一幅画面。这个变得越来越密切的关系、这个把本雅门塔小姐和克劳斯变成牺牲品的关系意味着什么？

　　本雅门塔先生四五十岁的年纪，但是一脸老相，而且早已成型和定型，他还专横武断。让人觉得他好像枉费一生。雅各布从来就不是一个真正的小孩子，但也从未摆脱孩子气；他没有任何成长和发展。本雅门塔先生虽然枉费一生，但他经历了一切。雅各布还没有任何经历。现在本雅门塔给他一个身份。但此举显然旨在将他束缚在自己身边。就是说，本应把雅各布武装起来应对生活的，却夺走了雅各布的生活。彻底毁于一旦。这不是作为一种固定关系的反讽，而是作为过程、作为行刑过程的反讽。这里运用反讽，不是为了展示艺术，而是为了展示理想主义的小资产阶级和现实之间彻底的否定性契合，虽然这个现实是作为某种毁灭之物留给他们的。罗伯特·瓦尔泽把放弃上升为学习大纲，要学生们放弃某种在现实世界起主要作用的东西：希望。无希望原则是这部教育小说的教育原则。只要把希望从小资产阶级的人生观中拿走，同时又保留其他的一切：伦理，勤奋，舍弃，正直，一言蔽之；保留小资产阶级顺应历史的剥削自我的心理准备，只要把希望从小资产阶级的世界中拿走，这个世界、这个现实还有小市民对现实的态度就会显得怪诞、可怕、疯狂、充满毁灭。

　　就是说，只有在世界可能发生变化的时候，只要在有望发生某种变化的时候，小资产阶级才能忍受留给他们的世界。世界现在的样子，不可能是它最终的样子。现实世界是不公平的，暂时的，根本不合理的，所以我们怀有希望……

　　现在希望没了，现实原形毕露。雅各布做到这点，是因为他表示赞同而不抱希望。一首虚无主义的高歌油然而生，不带任何意图，而且很具体，歌者是我们能够想象出来的最单纯的、一心一意高唱颂歌的童声女高音。

　　但是，这个已经成型和定型的本雅门塔先生固定扮演什么角色？本雅门塔先生终于讲述了自己的人生故事，他在这个学生面前掏了半天心，承认把自己称作"被废黜的国王"是多么夸张[55]。他只想说他已固定成型。才四十岁，就已固定成型。老了，退位了。看不到未来。但他也曾充满"对未来的骄傲"，但是多少年来，他只有"失去勇气和尊严"的体验。本雅门塔的故事之可怕，在于他带着对未来的期待走进人生，他的人生却在顷刻之间变成了过去时，因为被失望所毁灭。就是说，他的生活中只有前瞻和回顾。生活本身则并不存在！所以雅各布觉得本雅门塔先生虚度一生。这是最吸引雅各布的地方。周围的人都找到一份工作，雅各布没有。他没有自己的人生。这是一开始就确定无疑的事情，即便他在一段时间内抗拒命运的安排。他要做一阵子年轻人，要给自己的黯淡未来取几个时髦的、代表成功和自我实现的美好名称；随后，他一夜之间就过渡到本雅门塔的阶段：在今生过上后世的生活。对于这个随着咔嗒一声发生的突然断裂而言，说它具有过渡性质就太过粉饰。从"之前"跌落到"之后"，这一过程的唯一实质性内容，就是雅各布将不会在欧洲的文化原野中度过"之后"。经过在欧洲文化原野的一番修炼，他适合前往沙漠和丛林。小说的结尾有点查理·卓别林和堂吉诃德的意味，因为是骑士和他的马夫的结伴出行

(in der Schlußgruppe Ritter und Knappe)。这就是：本雅门塔和雅各布，大人物和小人物，两个被剥夺了生活的小资产阶级，他们启程前往或者逃往想象世界。由此，以自我限定、断念、放弃希望为宗旨的培养方案被抛弃了。这就是小说的弯道冲刺的积极意义？这甚至意味着小资产阶级已经完成学业、知道如何美化自我剥削？未来就不再担心受到诱惑、去尽情享受参与自我贬低的能力？不，绝对不会。骑士本雅门塔和仆人雅各布的出门远行，既不解决问题，也不会带来拯救。雅各布不会打造出自己的生活。他将步本雅门塔的后尘，然后变得"心如死灰"。

因此，雅各布是第二个本雅门塔。他先是充满希望，然后在训练中抛弃希望，通过完美的培训变得心如死灰，然后回顾虚度的一生。最终，他启程前往想象世界。这一切都是作为一个获得热切赞同和最高辩护的过程。这是一个堪称传统的小资产阶级的人生结局。其新颖之处，在于雅各布的确知道答案中的答案是什么：无思想状态。雅各布在小说的结尾还补充了一句"上帝与无思想者同行"。由此，他把对否定现象的最极端的美化（无思想者）和对补偿的最古老、最尊贵的美化形式（上帝）融为一体，让这个横扫一切的反讽过程到现在、到小说的结尾才真正登峰造极。因此，我们的感觉绝对不好。

4. 纯粹的反讽

每一部小说都是一则关于自我意识的故事。每一部小说都在讲述作家在写这部小说的时候是如何争取或者捍卫或者虚构一个自我意识。《雅各布·冯·贡腾》的结尾写道："如果我撞得粉身碎骨、化为乌有，那是什么东西打得粉碎、化为乌有？一个零。孤身一人，我一个人就只是一个零。停止写作。停止思想生活。我和本雅门塔先生去沙漠。想看看我在荒野之中是否也能生活、呼吸、存在，是否能够白天想好事做好事、夜间睡大觉做好梦。胡思乱想。现在我什么事情都不愿意去想了。也不想上帝？对！上帝将与我同在。这时候我为什么要想他？上帝与无思想者随行。好吧，再见，本雅门塔学校。"这就是启程前往想象世界——或者前往——按照让·保罗的说法——"此在世界的第二世界"。主人公《赫斯佩勒斯》产生了如下想法："……当代世界是为满足人的口腹之欲而创造的；过去由历史构成，历史又是一个拼贴而成的、住满遇害者的当今世界。人在内心世界比在外部世界幸福，所以给人们剩下的，只有未来或者想象，就是说：长篇小说。"[1]

卡夫卡的《变形记》开篇第一句话就表明自我意识出现

了问题："一天早晨，格里高尔·萨姆沙从不安的睡梦中醒来，发现自己在床上变成了一只巨型甲虫。"[2] 我有言在先：本文无意对《变形记》做学院式评论。我想对《变形记》的故事梗概进行复述和点评，以揭示故事发展的必然性。卡夫卡本人可能根本没有意识到这种必然性，因为这个故事是作者的——如果大家允许我使用一个夸张的词汇——一声呼喊；这的确事出有因，事出必然；他用这个故事来解决他所遭遇的难题。作为读者，我们不在前线，我们在后方；可是，如果自身没有前线经验，我们就没法阅读，就读不出任何东西。文学阅读，最忌讳无动于衷。我认为，文学研究者应该认识到这点。当我受到一个故事触动的时候，我可能更有资格阅读这个故事。卡夫卡的故事则需要我们来来回回读它十来遍。把《变形记》读过十来遍的读者都知道，每读一遍都是一次享受，所以我们都不必去理解它。就是说，对于它我们不必形成特定的看法。这是我的经验。逐渐地，可能在数年以后，因为你有了原先所缺乏的相关经验，你会发现自己受到触动；你逐渐发现，你知道自己阅读的事情；你有自身经验；你可以说上几句，你甚至有话要说。深有感触是一个重要前提。一个音乐研究者，不能光读乐谱，在其他方面则是闭目塞听了事。所以，我们只能先受触动，然后才可能理性地去研究这样一个故事为何写得美。所以，只要可能，我们尽量避免用一些亚文化词汇来阐释这样一个故事；譬如为了更快地发表一个观点。在多数情况下，人们使用心理分析或者社会学的话语，只是为了借助卡夫卡的故事来证明心理分析或者社会学如何正确。我说的触动，可以用一对古老的概念进行概括：怜悯与恐惧。人们注意到，作品中说的是自己的事情，是人们已经历的事情或是未来可能发生的事情。

　　我想给卡夫卡研究提一个建议：要严肃对待卡夫卡小说的素材。我们在阅读过程中不能总是跨越小说素材，直奔其结构和意义。约瑟夫·K，我的上帝，为什么是银行职员？格里高尔·萨姆沙为什么是旅行布匹推销商？一个布匹推销商一早醒来，发现自己赶不上火车了，他变得惊慌失措。于是他看见自己是一只甲虫。他对自己充满厌恶。这个故事前面显然还有故事。否则第一句话不会导致这个结果。我想，如果假设变形过程就此结束，那就是一个错误。否则这故事就随第一句话的结束而结束。格里高尔·萨姆沙进行抵抗。他注意到自己突然有了甲虫的特征，还是——这对甲虫十分不利——仰躺着。他开始思考事情的来龙去脉。他说，这可能要归咎于"起早"，起早"使人变傻"。"人需要睡眠"。你们会说，甲虫不会在大早上展开思绪，这是人做的事情；哪怕是受到威胁的人性。他没法出差，没法踏上他的推销商之旅。他是一个特别敬业的推销商。他把他的同事们比喻为富家太太，只知道走马观花、泡咖啡厅，他却忙忙碌碌，四处奔波，因为他需要还贷。他父亲一定在什么时候破了产；格里高尔·萨姆沙一定拿钱救过急；他们肯定欠着这位上司的债。据说，格里高尔还需要勤奋地工作五六年，还债的压力才会减轻。今天的过失可以通过病假抵消吗？他想起他的医保指定医生。这位医生的眼里"只有健康的、害怕工作的人"。格里高尔良心有愧："这回他彻底搞错了？"他发现嗓子有点哑，他对自己的嗓音没把握了。这和甲虫特征有关吗？或者这只是感冒所致？可能。"旅行推销商的职业病"。他想来想去，他不甘于做另外一个人。现在有点什么事情不同寻常，但他其实是在传唤一个人，这个人证明自己今天不行。他今天不能去坐火车。他必须在床上待着。就卧床不起而言，甲虫的身形还是比较理想的。就像他自己所说，现在他"带着微弱的呼吸"等待"回归平常"。随后有人按门铃。他知道：公司来人了。他的密密麻麻的小细腿马上就开始在空中乱蹬。仿佛是要抗议示威。他希望别开门，但女仆自然打开了门。他在心里默诵一个句子，说自己"命不好"，不得不"在一家哪怕是最小的失误也要招致最大的怀疑的公司工作"。这是卡夫卡笔下人物的典型思路：用两个针锋相对的最高级形容词相映成趣，以证明在这两极对立的缝隙里无法生存。谁来了？监理。格里高尔立刻尝试下床，结果他摔了下去。门外的监理说："里面有什么东西掉地上了⋯⋯"格里高尔暗地里问：在他身上发生的事情，经理是否有朝一日也会遇上？卡夫卡再次使用由主题决定的技巧，即制造不对称的技巧。当格里高尔心里问监理是否也有可能遇上这种事情的时候，我们看到："监理坚定地走了几步，让他的高筒漆皮皮鞋嗒嗒作响，像是对他的问题进行粗暴的答复。"

弗兰茨·卡夫卡 费舍尔出版社提供

这就制造出一种特殊氛围，一种不对称的关系甚至是反比例关系。格里高尔对监理的出场所做出的反应，是一个普通员工的反应："难道员工通通都是无赖，他们中间就没有一个忠心耿耿、俯首帖耳的？就没有一个哪怕只是上午几个钟头没有充分利用就忐忑不安，就变得滑稽可笑，甚至下不了床？"这是将其处境正当化："于心不安得滑稽可笑。"现在监理直接发起进攻，他提高嗓门朝屋里喊，说格里高尔把自己关在屋里；然后又说了一句让人联想到让·保罗对反讽风格的概括——反讽钟爱"陈词滥调"——的句子："您最近的业绩表现不如人意。"监理所用的词汇源自对学生严格要求的职业学校，他想以此证明如果没有经过学校的培训一个人不可能有劳动纪律。格里高尔为自身辩护，他描述自己如何不舒服。监理发现："这是动物发出的声音。"应该把锁匠和医生叫来。这让格里高尔感到心安。这类"常规安排"让他感觉"回到了人类群体"。但是，监理的发现还是让他产生了疑虑；他不敢断定他咳嗽的时候是否还是人发出的声音。他挣扎着起身。他成功地打开了门：如果他们大惊失色，"格里高尔就不再负责，就可以心安理得。但如果他们全都平静接受，他也没有理由慌张，如果抓紧时间，他八点钟就可以赶到火车站"。因此，他的身份认同取决于门外的人。取决于家庭和公司。他一露面，便引发了一场灾难。眼看把家人和监理吓得魂飞魄散，他担起了自己的责任。他对着几个惊魂未定的人发表讲话。他在讲话中阐释了旅行推销

员特殊的职业性困难，并且认为这些困难就是造成其现状的
原因。他认为，造成其现实处境的一个原因，就是他的上司
"在以企业家的身份对员工下判断的时候容易受不良印象的
左右"。旅行推销员成为"闲言碎语的牺牲品"。他总是在精
疲力竭地结束推销旅行之后才有所耳闻，而且"在家里亲身
感受其令人琢磨不透的严重后果"。亲身感受！但是很明显，
格里高尔对员工处境的分析根本就不会得到人们的理解。他
从周边的反应可以看出他跟他人的隔阂有多深。格里高尔认
输了。此前他是直立状态，现在他让他那密密麻麻的小细腿
着地，"今早以来他第一次感觉周身舒服"。就是说，家人和
公司的反应使他发生了进一步的变化。父亲最喜欢把他当动
物对待。他用棍棒将格里高尔驱赶回屋，格里高尔发现自己
在倒退方面还缺乏练习："真的非常缓慢。"就是说，他理解
家人为何惊慌失措。他更多地是为他们而不是为自己感到痛
心。就是说，他觉得自己有罪。父亲给他的最后一击让他鲜
血淋漓地爬回房间，他却把这次打击称为"一次真正具有
拯救意义的强烈打击……"。变形记的第一幕就此结束。在
第二幕里，格里高尔出现了进一步的变化。家人把他当动
物喂养。妹妹给他送吃的时候把他当家养动物，他很想请
妹妹"送点好吃的来"。可是，由于他的食盆里剩下牛奶没
喝，妹妹用旧报纸送来了快要腐烂的菜叶子，也就是厨余垃
圾。格里高尔依然觉得自己是人，却被外界当动物对待。妹
妹不拿手去触碰饭盆，而是借助一块破布。现在他的确感觉

残食比新鲜事物还好吃。他的异化加剧了。家人不再跟格里高尔说话："大家听不懂他说的话，所以就没有人——包括他的妹妹——想到他能听懂别人说的话。"但这清楚地表明格里高尔在意识层面没有与外界同步异化。有一回格里高尔听到父亲的一个说法之后甚至感觉这是他"自囚禁以来听到的第一件高兴的事情"。家里人不时唉声叹气地谈到经济状况。每当他在自己房间里听见这些谈话都感到羞愧和悲伤，进而浑身发热。由此可见，格里高尔还是一个人，不是一只甲虫。挣钱养家是他的义务和生活使命。现在他不会挣钱养家了。这一事实越清楚，外界的异化就越严重。所有证实这种异化并通过证实异化来推动异化的行动全都来自他的家人。譬如，自告奋勇来照顾他的妹妹，每次进房间来的时候都冲到窗边，一把将窗户推开，仿佛她快要窒息。由于格里高尔有汗气，如果关着窗户，她就不能在格里高尔所在的房间停留。为了照顾敏感的妹妹，妹妹进来的时候格里高尔总是爬到沙发底下；他还尽量把沙发布往下拖，这样，她即便勾腰也看不见他。在此，他的真正想法是："如果她认为这块布没有必要，她可以拿走。谁都看得出来，格里高尔把自己这么关起来可并不好受……"他再一次期待外界、期待家人尤其是妹妹别确认他的变化，别对他的变化进行确认并推波助澜。他期待人们发现他的人类身份，期待人们确认并固定他的人类身份，期待人们在这场已经开始的争取人类身份的斗争中支持他。现在尚未决出胜负。他还清晰地感觉自己是人。迄今为止，成为问题的只是他的外貌和他的嗓音。但他的意识还不是问题。在旅行推销商萨姆沙变为甲虫这出戏的第二幕，最重要的行动是清理房间。母亲和妹妹想为他的爬行清除障碍。异化到了这个阶段，家人的任何善意行动都会导致异化程度的加深。格里高尔已经有很大的变化，如果有更多的爬行空间给他，他会非常高兴。母亲虽然已经开始清理，但还是有所顾虑。她不清楚这么做是否就表明放弃了"对康复的希望"，不清楚是否维持现状更好，"以便格里高尔有朝一日回到我们中间的时候发现一切照旧，能够更加轻松地忘记这段插曲"。格里高尔喜出望外。本来，格里高尔为推动自身的变化进程做好了准备，现在他看见母亲不相信他的状态是最终状态，所以他深受鼓舞，所以他要捍卫他的家具。现在对他而言，不是爬行区域越多越好。现在，失去家具也意味着快速地、彻底地"忘记自己作为人类的历史"。所以他坚决反抗。他是人。爬行的空间不是他所需要的东西。"如果家具妨碍他毫无意义地爬来爬去，那这不是一件坏事，而是一件大好事"。这些家具是"他珍爱的一切"。上学的时候，他在这张书桌上写过作业。这是他的身份中的具有建构意义的部分，现在家人出于好意给他拿走了。他扑到那个"一身裘皮装束的女士"的画像上面，紧贴画像，以便保护它。父亲又不得不出面干预了。但现在父亲也有了很大的转变。自从他因为格里高尔不再挣钱而不得不重新工作之后，就不再体弱多病，他已重振雄风。"过去，当格里高尔踏上推销征程的时候，他就浑身乏力，卧床不起；如今，他判若两人"。格里高尔通常用来描写战士出征的词汇来形容自己的差旅。现在的父亲判若两人。他像武士，像士兵，像警察。他在房间里把格里高尔撵来撵去，还抬起他"巨大的高靴鞋底"，把格里高尔吓得要死。他也许已经要了格里高尔的命，假如不是母亲扑过去"紧紧地搂住他"。她请求他"给格里高尔一条命"。

我们注意到，对于格里高尔，职业（作为失去的挣钱渠道）和家庭（作为对持续强化的变形意识的确认）继续同时发挥因果作用：在第一部分是出差日期、部门经理、旅行者的条件、父母的金钱债务、上司的耳背，等等；现在是家人有关家庭财务问题的谈话。格里高尔通过门缝听到他们的谈话，并感觉惭愧。当初父亲破产迫使格里高尔变成了旅行推销员，现在他听说父亲破产所剩下的财产比自己当初所担心的多。但这也意味着格里高尔拼命去挣钱并如数上交所得并无绝对的必要。就是说：业绩表现不佳却又使人身心疲惫的工作造成了格里高尔的持续异化。如果他丧失工作能力要归咎于这种异化，那么，如果他走过的这段令人身心疲惫的历程与其说源于现实的困苦，不如说源于小市民的悲观主义和对未来的恐惧，这一历程就变得耐人寻味。许多评论者把这归咎于格里高尔的家人。有人还声称，这个变形故事最大的悲剧在于格里高尔的家人活下来了。但是，说这种话的完全忘了他的家人依然欠着格里高尔为之苦苦工作的上司的债。

如果没有变形，他就不得不经年累月地辛勤工作，以便分期偿还债务。格里高尔的意识越是不得不接受变形的现实，这篇小说就把还债的事情忘得越彻底。假如不是卡夫卡在艺术上半途而废，这就意味着，虽然那笔债务夺走了格里高尔五年的生活，最终还夺走了他平常的身份，但是他不再觉得那笔债务是一件令人难堪的事情，因为他的变形得到了确认。瓦尔特·索克尔 ① 说债务问题只是"一个现实主义作家关心的问题"[3]。我想，他对《变形记》的解读如此不接地气，是因为表现主义的理想性和卡夫卡艺术的神秘性给他留下了不可磨灭的印象。"'孽债'就是格里高尔本人。他先是担起了家庭债务，随后他自己因为变形而成为家庭的债务。家庭的'孽债'体现在他的恐怖形态，'债务'从家庭转移到他的身上。他的变形使家人摆脱了债务……等他消失后，对债务的回忆随之消灭……"[4]这重新变得可以接受。但是，把人变成孽债或者让孽债化身为人的言说方式已在很大程度上变为一种几乎带有神话色彩的语言，在此决定一切的小市民生活条件消失在但丁的画面之中。"与资本主义时代平行发展的历史哲学的类似事件。"索克尔在括弧里写道[5]。这只是一个平行过程？或者：这不是关于这个事情的完美的教科书吗？

对于第二部分的格里高尔来说，"债务"不再是问题。就是说，他再次想到用余下的钱可以很快偿清债务，但他随

---

① 瓦尔特·索克尔（Walter H. Sokel，1917—2014），奥地利犹太人，语文学家、德语文学教授。

后就在心里把这个任务移交给了父亲。他的工作毁了他，同时也留下一笔钱。这笔钱具有两面性：一眼看去，数目可观，再看一眼，发现其实很少，是一笔不能动用的"保命钱"，所以迫使家人出门工作。这是职业主题在第二部分中所发挥的真正影响。他没法再工作了，他感到羞耻。这种羞耻感其实是一种人性冲动，是一种确立自己的人类身份的尝试，但是他的羞耻感无法改变他无法工作这一现状，他因为无私的投入而自食其果。他的家人也在变化；必然如此，因为他的家人是整个体系的一部分；格里高尔的变化过程在故事开始之前就已启动，他的家人也有份，所以他们也被改变了，尤其是父亲。父亲本已肥胖臃肿，几乎没法行走，现在却精神抖擞，穿上了饰有金质纽扣的银行工作人员制服，因为他重新走上了岗位。"这还是我们的父亲吗？"格里高尔心里问。小说随后就笔酣墨饱地对这位焕然一新的父亲进行了一大段描写。这是绝对的表达冲动和纯粹的诗意，还是某种只能用心理分析来剖析的现象？这是体系意义上的一种促进变化的决定性力量。如果格里高尔的渐进式退位产生了这种影响，作为甲虫的他就可以感觉良好。在第一部分，他就只有在适应新情况的时候才感觉良好。如果他想捍卫自己的人类身份，就只能面对伤害、痛苦、粗暴对待乃至驱赶回屋。由于他的自我捍卫的尝试引发了越来越粗暴的回击，故事发展的趋势充其量可以减缓，但绝不可能逆转。他可以主动适应环境，不给他人给他打上甲虫烙印的机会。甚至可以说：

如果他为了旁人扮演爬虫，旁人把他视为爬虫的愿望也许就没那么强烈。但由于他还有人的意识，他就没法放弃证明其人类身份的尝试，所以，他因为给周边否定其人类身份的机会而加快了自己的变化过程。他的人类身份在工作过程中变得可疑起来。自从他不再去上班后，他的人类身份就没再得到确认。他是唯一还把自己看作人的人。我们在小说里看到，他还理解别人，但是别人不理解他。

格里高尔的每一次变化升级都得到周边反应的确认。周边的确认则促进其变形。到了第三幕，周边反应降到几乎如泣如诉的最低水平。家里有一个人无法继续工作，无法再去挣钱，所以变得越来越面目全非，他的不幸让家庭蒙受了打击。现在大家已经习以为常。还找来一个无所畏惧的老年女仆人。她照顾格里高尔，却不会感到任何的恐惧和害怕。格里高尔还在想象自己有朝一日重新担起挣钱养家的重担。在大家都已坦然接受他的不幸的氛围下，他的想象显得十分怪诞，或者说像个乌托邦。第三幕唯一的不安因素是那三个二房客。他们随后也成为积极解决格里高尔难题的诱因。

格里高尔觉得，妹妹晚上拉小提琴的时候这三位男士没有表现出足够的尊重。妹妹的演奏吸引着他。他还没有放弃资助妹妹上音乐学院的夙愿。在故事的开头他说自己没有乐感。因为受到音乐的吸引，格蕾特拉琴的时候他不管不顾地爬进了干净的客厅。"音乐如此打动他，他是动物吗？他的眼前似乎呈现出一条路，把他引向一种渴望已久的未知食物"。很明显，他在此第一次认为——哪怕是采用问句形式——自己有可能具有动物特性。作为人，作为永远受苦受累的推销商，他对音乐毫无感觉。现在音乐感动了他，所以他相信他也许不再是昔日那个人。这可能就是逆转。纯粹反讽带来的逆转。一个人被音乐所吸引，按常理，这意味着对其人类身份的肯定。但是在这里，一个人只有通过其可用性和有用性获得人类身份。但时间越长，这就越是一种否定的身份；一个他自己不喜欢的身份；一个他自己培养的身份或者让人培养起来的身份，因为这是人们对他的要求。当他和自身保持的距离大到他不得不旗帜鲜明的时候，他就败下阵来。决定表达的、设定价值的、进行判决的，是致力于证明自身有用的自我。躲避义务、不想证明自身有用的自我则受到判决。判决结果是：你是寄生虫。他不接受判决。他的反抗被周边理解为对其寄生虫存在的确认。他显然想捍卫他现在的百无一用性。他们强迫他接受判决。他只有两次接受了判决。一次是在听音乐的时候，另一次是他决定死去的时候。听音乐的场景是唯一让格里高尔的寄生虫的存在获得赞美的场面。

为了彻底完成变化，格里高尔不仅可以不再挣钱，而且还必须现身客厅，把租客吓跑，而租客交来的房钱是大家急需的。而在租客因为格里高尔的缘故退租那一刻，格里高尔的妹妹最终抛弃了他。"我不想对这个怪物喊我哥哥的名字。"她说。现在她五次使用代词"它"指代他。父亲保留了"他"。有了"它"之后，如果这么一个"它"是"他"、是儿子和兄长，这只能加深周边的反感。妹妹直言：这不可能是格里高尔了，"假如真是格里高尔，他早就知道人不可能和这样一个动物共同生活，他早就自行离开了"。格里高尔听见了，他要向她证明他是她的哥哥格里高尔！他爬回自己的房间，带着爱和感激去回忆家人。他必须消失，他的立场可能比妹妹还坚定。这不是一个动物下的判决，不是一只甲壳虫下的判决。他想表明的，是他未受损害的人类身份。可是，由于除了他本人谁也不尊重和承认他的人类身份，所以他也没法维持自己的人类身份。没错，他只能以死向妹妹证明他是人。假如真是格里高尔，他早就自行离开了。这真是格里高尔，他自行离开了。"……一切都由他自己决定"。综合各种情况推断，他的死是自杀。这个被强迫的自杀把变化推向高潮，推向大团圆。小说的视角直到格里高尔的死都完全是由格里高尔决定的。这个视角始终如一，稍有疏漏，都会让这个故事变得不可能。周边的反应我们完全是通过他们对格里高尔那种促进异化的影响来体验的，就是说，通过格里高尔来体验。格里高尔死后，卡夫卡妙笔一挥，来了个视角转换。对于萨姆沙一家，我们现在是观乎其外。女仆报告"它嗝儿屁了"，称谓便随之起了变化，现在坐在屋里的就不再是父亲母亲，而是"萨姆沙夫妇"。从此他们就是"萨姆沙先生和萨姆沙太太"。死去的格里高尔再度作为人、作为兄长受到哀怜！格蕾特说："你们看哪，他都瘦得皮包

骨头了。"萨姆沙先生先前还低三下四地向三个房客道歉，
现在却毫不客气地把三个人撵了出去。女仆说要把"隔壁的
东西"弄出去。过后她就被解雇了。萨姆沙一家计划租一套
"更小""更便宜""位置更好而且更实用"的公寓，现在这套
公寓"还是格里高尔"找的；"电车到站时"，越来越朝气蓬
勃的女儿第一个起身，"伸展她年轻的身体"。变化结束了，
故事结束了。因此，小说所讲述的，不仅是异化引起的变
形，还有异化在家庭内部引起的变化；在格里高尔死后继续
发生的变化其实在故事开始之前就已开始了。旅行推销员由
于其职业与自身发生隔阂，因为他的职业不允许他跟人有真
情实感的交往。公司的待遇使他受到的伤害火上浇油。终于
他扛不住了。现在需要周边、需要家庭和公司告诉他：你依
然是一个人，尽管你没法挣钱了。但家人和公司都只能确认
他发生了巨大变化。现在他努力向他们证明他还是人。他努
力证明自己是人，虽然自己不再工作、不再挣钱了。但是，
他的努力在周围人的眼里恰恰成为其变化和异化的明证。这
就是反讽笔法：本应拯救他的一切，却不得不促成他的毁灭
（拯救即毁灭）。他的声音，他的活动尝试，他的爱好。更具
反讽的是，格里高尔的家人为了让他舒服而做的各种事情都
适得其反。他们所做的一切都在推动格里高尔的变化进程，
他的变化则导致了他的毁灭。一切的好事，不论是他本人还
是他的家人所理解的好事，最后全都成了坏事。环境使然。
这是这个故事所推动、所展示的反讽进程。家里有人充满

爱，并且有自我牺牲精神。他担起了赡养家庭的责任，他却因此失去了人类身份，失去了继续赡养家庭的能力。他一旦走到这一步，家庭、公司和周边环境就爱莫能助，不可能再承认他是人。然后，反讽达到巅峰：作为异化者，格里高尔无法再为家里做任何事情，但他还可以让自己死去。这样，他不仅可以向妹妹证明他在内心深处、在看不见的地方（精神上）还是他的哥哥，而且可以让家人如释重负，不再担心豢养寄生虫的家丑外扬。他自愿赴死，这表明仅仅做一个人是不够的；你要是没用了，你就不再是人。但是你的死对家人有用。

只有作为死者他才对这个家有用。他的死是唯一积极的事物。他的死是大团圆。没有一个故事比这更具反讽。克尔凯郭尔在他的博士论文中就把黑格尔的反讽定义解释为"无穷的和绝对的否定性"：反讽是"否定性，因为它专事否定；它是无穷的，因为它不是否定这个或者那种现象；它是绝对的，因为赋予它否定力量的，是一个更高的但是并不存在的事物……"每一个世界历史的转折点都必须有这种"组合"。反讽"用既定现实本身消灭既定现实"，并由此"为世界反讽服务"[6]。这个调子起得很高，但是卡夫卡的故事给它添加了尘世的音响。对于《变形记》阶段的卡夫卡式的反讽，可以用黑格尔描述苏格拉底反讽的一段话来进行精准概括："辩证法让大行其道者大行其道，仿佛它真的大行其道，并让它由此从内部走向毁灭，无处不在的世界反讽。"[7]

5. 自我意识与反讽

让·保罗在《美学入门》中写道，从克洛卜施托克开始，我们就"以更多的意识去追求更多的自我意识"[1]。尽管这不是他从社会环境中总结出来的，这一表达方式还是完全源于他的社会经验。小资产阶级在尝试迈出解放的步伐的时候，常常变得比他们的大资产阶级榜样抽象得多。费希特用反思——这担心还得先发明出来——手段对自我意识进行演绎。这证明人们胆敢涉及的思维对象是多么少。人们是谁？"这里所谈论的，不是在你之外的任何东西，而只是你本人"，费希特在事后撰写的导言中向读者发誓。他有理由担心读者没有领会他的思想演绎[2]。"变成自己"，"自我运动"是黑格尔在《精神现象学》中的操作概念，而《精神现象学》也无非是自我意识培训过程中的一个行动说明。世界精神向前推进的目的何在？很清楚，是为了进入我的意识。如果大家比较一下我们今天用哪些神或者说哪些词汇构建我们的意识，我们就会看到，同一性构建依然是一件冒险的事情；所以离长篇小说很近。

同一性是一个带有积极的弦外之音的词。

如果要表达消极事物，就必须拿它跟危机这类词搭配。

研究同一性危机的专家埃里克森造了一个概念："同一性混乱"[3]。和反讽打交道的文学，主要涉及两种同一性。一种是得到过分肯定的同一性；它几乎总是游戏似的让自身进入危机，以便制造有惊无险的摇摆刺激；作家们对这种同一性的主体宽容无边；他们做什么都有理，他们实际上没有犯错的可能。赋予资产阶级生活特权的《大宪章》就诞生在这种文学当中。这一思想发展的巅峰是《绿蒂在魏玛》，尤其是小说的结尾：主人公在此声称他不是捍卫某个原则的游击队员，他是一切；他在一切之上翱翔；"作为反讽的世界主宰"这句名言也出现在这里。我们可以青出于蓝而胜于蓝，来一句"仰仗反讽的世界主宰"。托马斯·曼是诺贝尔奖得主。他在答谢辞里提到谁是他钟爱的圣人。是圣塞巴斯蒂安 ①。他在自己最最风光的一刻自比圣塞巴斯蒂安。而圣塞巴斯蒂安是基督教受难史上死得最悲惨的殉道士。雅各布·冯·贡腾则是截然相反。他属于自我肯定过低的同一性："只有将我剥光衣服、扔到冰冷的街上之后，我才觉得自己是包罗万象的上帝。"处境越惨，感觉越好。无论统治者如何恶言恶语，这种自我肯定过低的同一性全都坦然接受。这些作品的主人公全都接受现实，逆来顺受。这种把自我否定付诸实践的尝试创造出一种反讽艺术（风格），另外一种文学则创造出反讽人物或者说反讽家，他们利用反讽为其资产阶级生活特权

---

① 圣塞巴斯蒂安（Saint Sebastian）为天主教圣徒，在公元 3 世纪基督教受迫害时期被罗马皇帝戴克里先杀害。

谋取正当性。它可以是现实主义文学，可以是幽默文学。但是它的语言、行文、风格不是反讽。我认为，唯有接受否定的同一性才能让反讽风格游刃有余、自由发挥；如果像《雅各布·冯·贡腾》描写那样，预先设定的、后来强加给他的绩效原则的后果已经影响到想自我塑造的人格当中，如果他一开始就对这些毁灭性的后果表示赞同，就拍手叫好。他说："我根本不尊重我的自我，我对它没有感觉。"我把这称为小资产阶级的观点，并把让·保罗作为权威引述，因为让·保罗走到自我身旁对其进行打量，把自我看作一个泡沫宇宙，里面的小气泡一个又一个地爆炸。看着看着，他自己也变成一个小气泡。

我们的故事越往后发展，自我意识就越多地与工作发生关系。雅各布在《生平履历》中评论自己："他的谦虚没有底线……"他渴望"让他的心里残存的骄傲和傲慢在坚硬岩石上撞得粉碎。这坚硬的岩石就是艰苦的工作。雇用他的人感到满意，他就抵达了天堂，如果情况不幸相反，他就坠入地狱，遭受毁灭。但是他坚信，人们将对他本人和他做出的成绩感到满意。这一坚定的信念给了他保持本色的勇气"4。

就是说，他的同一性取决于他的工作业绩，他的业绩则由雇用他的人考评。由于托尼奥·克吕格尔那里根本没有工作这回事，为了比较我就退而求其次，谈谈汉斯·卡斯托普："汉斯·卡斯托普怎么可能对工作没有敬意？果真如此，这就违背自然了。环顾四周，唯有工作在他眼里绝对值得尊敬，而且除了工作，根本就没有什么值得尊敬的事情。工作是一道坎，有人能迈过有人迈不过，它是这个时代的绝对之物，它仿佛在自问自答。也就是说，汉斯·卡斯托普对工作的敬意带有宗教信仰的性质，并且——这点他很清楚——无可挑剔。至于他爱不爱工作，则另当别论；这个他做不到，不管他对工作怀有多深的敬意；原因很简单，他不喜欢工作。紧张的工作太费神，很快就让他精疲力竭。他曾坦言，他其实更加喜欢自由自在的时光，喜欢轻轻松松、不受铅一样沉重的辛劳拖累的时光，喜欢犹如金光大道而非障碍重重、需要人咬紧牙关逐一克服的时光。严格讲，汉斯·卡斯托普对工作的矛盾态度需要化解。会不会是下面这种情况：假如他在内心深处，在那个他自己也不甚了解的地方相信工作是一种绝对价值和一条自问自答原则，并由此获得内心的平静，那么，不仅是他的身体，而且连他的精神——先是精神、然后通过精神影响身体——都将更乐意工作，他的工作意愿也更加持久？如此一来，又会冒出他是流于平庸还是超乎平庸这一问题。这个问题我们不想三言两语地回答。因为我们并不自视为汉斯·卡斯托普的赞美者，我们给大家的猜测留想象，那就是：在他的生活中，工作会妨碍他悠然自得地享用玛丽亚·曼奇尼。"[5]

玛丽亚·曼奇尼是他享用的雪茄品牌。

正如书中所说，他每年有两万瑞士法郎的进账。托马斯·曼写道，在这种条件下要他把工作当作一种道德价值来认可，他就必须具有"英雄天性"[6]。后来汉斯·卡斯托普更乐意翻出德彪西的唱片来听："这里没人要求'说说你的理由！'，这里不用担责任……"西方世界的行动律令化为乌有[7]。有趣的是，在托马斯·曼这里，没人去思考和体会为什么会有这种自我意识，为什么对工作会有如此评价；没人再去思考、认识和体会这种自我意识应该归功于谁。其实，这就是一种阶级特权，只是没人再去谈论。我没有恶意，也无意表达马克思主义的立场。我不反对来点马克思主义，但如果任何一种现实主义的发现都被冠以马克思主义，我就有点不以为然。人们那么做也许为了防患于未然（留一手）。我前面引述过黑格尔的名言：主人的自我意识来自仆人的认可，仆人的自我意识来自他的有用性质。如此说来，歌德也算是马克思主义者。在《威廉·迈斯特的学习时代》里面，威廉给舅子维尔纳写了一封信。在此，歌德以不可超越的现实主义态度对这两种同一性进行了刻画；一个是可以光彩夺目的贵族，一个是资产阶级，后者当时还属于被统治阶级，他们必须固守本色，必须创造业绩，必须进行劳作，必须有点本事，必须掌握一技之长；他们必须忽略其余的全部天性，以便使自己变成掌握一技之长的有用人才；所以，他们永远无法培养出完整的人格；所以，威廉·迈斯特恰恰没法做自己天生梦寐以求的事情，也就是个性培养。为了培养自己的个性，他必须躲避当时他所属的阶级必须服从的绩效原则；要培养个性，他必须晋升到贵族阶级，也就是当时的统治阶级。他声称，只要他心里全是矿渣，他就拒绝生产优质的铁。但是，有一个塔社在无微不至地守望着他。后来塔社对格里高尔·萨姆沙之类就不感兴趣了；这意味着格里高尔·萨姆沙因为其磨人的职业劳作而失败了；这个旅行布匹推销员——"旅途中的人际交往都是敷衍"——"一天早晨发现自己在床上变成了一只巨型爬虫"；小说没有写：他是一只爬虫。这不是一般意义上的变形故事；这里没有医师或者魔术师采取夜间行动，把格里高尔·萨姆沙变成一只虫。这里写的是"一天早晨他发现自己"不再像一个人。现在他向家人、公司和周边提出一个就像在儿童游戏中蒙上眼睛之后提出的问题：是我吗？还是我吗？由于他拒绝工作，因为他声称自己不再有工作能力，虽然他没有生病，周围的人就对他说：你不存在，你是寄生虫，你不是人；妹妹把这道理一语道破，格里高尔最后听见了：如果是格里高尔，他一定明白人是不可能跟这样一个动物生活在一起的，他早就自觉地离开了；格里高尔听到这话，就爬回了房间，可以说是自愿赴死。格里高尔死后，妹妹变得容光焕发，家人变得容光焕发。现在读着陀思妥耶夫斯基在 1864 年——比《变形记》早五十年——发表的《地下室手记》倒觉得饶有兴味。书中描写的小职员对自身的同一性进行了如下描写："不是我不会做坏人；我做什么都不会；我既不能变成英雄，也不能变成昆虫。"[8] 就是说，既不能变成克吕格尔，也不能变成萨姆沙。他说："现在我想给您讲讲我为什么连变成一只昆虫都不会。我向您保证，我一次又一次地想变成一只昆虫，但我连这个本事也没有。"[9] 大家看到了，即便是选择否定的职业生涯也需要本事。这是雅各布·冯·贡腾的亲兄弟。如果好歹能做一个"懒人"，这位小职员将非常幸福[10]。他需要否定的职业生涯。他喜欢废话连篇，这是他唯一喜欢做的事情。大家还想得起雅各布有这不良嗜好。他乐在其中，因为这是被禁止的嗜好，正如一切被禁止的东西都让他乐在其中；爱只能作为被禁止的爱；只有被压制的自由才是自由。不再是"常人之乐"——我们知道这是托尼奥·克吕格尔用来刺激疲惫的神经系统的，而是"卑微者的快乐"。这种快乐是训练出来，而且是为了永远。这东西捡不来，也扔不掉；不能想要就要。这种消极人生，这种逆来顺受的人生，文学圈之外的人也对它并不陌生。前面提到的专家埃里克森在一本关于同一性的小册子中引述了一个病人的话。这位病人告诉他："人们不懂成功之道，这是一件糟糕的事情，但最糟糕的，是人们也不懂得什么是真正的失败。我下定决心做一个成功的失败者。"[11] 这句话源自反讽精神，如果它不是病人呓语（众所周知，对肯定无自我意识的强制可以转化为疾病）。但是对于格里高尔，这种消极人生也不复存在。小资产阶级的生活状况、萨姆沙的伦理不允许其存在。格里高尔捍卫他唯一的存在，捍卫他受到损害的人性，所以他作为公司职员就不行了，所以先是他根据自身的、被社会教育出来的判断觉得自己是寄生虫，随后社会也必然觉得他是寄生虫。就是说，他因为捍卫一个价值而伤得不轻，变成了纯粹的无价值。由于这是一个完全违背格里高尔意志的过程，由于他每一次捍卫自身的人性都只是授人以柄，让人再次确认他是动物，我们在这个故事中可以读出一点古老而经典的俄狄浦斯式的反讽。俄狄浦斯王也是以最不由自主的方式进行了自我处决。

再顺便看看《审判》。这位银行的部门襄理直到三十周岁工作都很出色。现在，当他三十而立的时候，他产生了一种为过去的一切进行辩护的心理需要。而一旦有了这种看见自己得到辩护的心理需要，就没法再予以满足。为了满足这一需要，他现在必须把迄今为止构成其生活和事业的一切牺牲掉。法庭要他递交申诉书；要他在申诉书中一一列举他生活中的重要时刻并进行评价，现在他不得不耽误他的工作甚至包括日常生活，辩护工作占据了他全部的时间和精力。但是他的自我辩护一刻也没成功。他尝试自我辩护的时间越长，他的失败就越彻底。他越是投身自我辩护，他的要求就越是难以满足，他的自我辩护就越是难以成功。文中出现了法治国家这类词汇，"可是生活在一个法治国家"，K则想动用一切手段为自己辩护，包括司法手段、诉讼手段、艺术手段、伦理手段。和神父的对话可谓登峰造极。事实证明，相比于他的自我辩护需要的严肃性，上述的所有手段都无足轻重。卡夫卡不像《魔山》作者，不会想到拿德彪西的唱片来问他的主人公。K越是叩问自己的良心，良心提出的要求就越高，他在良心面前就越是抬不起头。他越想变好，他就越觉得自己坏；他越想多为自己辩护，他就越是觉得自己没有道理。这一恶性循环的结果，就是他的生命许可被吊销。小说的最后一章无非是一部关于自杀的辩证法，一会正题、一会反题，直到小说结尾。最后，他为自己安排了死刑。这就是反讽进程：谁想在问心无愧的状态下生活，谁就不得不结束自己的生命。谁要是没心没肺地生活，谁就容易长命百岁。但这不是一幅可以四处套用的画面，不是一则可以四处套用的寓言。它并非以某种方式偶然与这部小说的素材装配在一起。我们要严肃对待卡夫卡的素材，它们是目的，不是手段（事物本身）。他在这部关于审判的小说中所使用的素材，不仅仅是用来包裹寓言的本身。小说中的被告全都来自社会上层；富商布洛克和在银行界飞黄腾达的约瑟夫·K。要求他们进行自我辩护的法庭位于城乡接合部，位于贫民窟。庭审活动给 K 留下的印象是"一场社会主义者的集会"。卡夫卡删去了"社会主义"一词，代之以"政治集会"。他这么做，不是为了减小剂量。我认为，卡夫卡做这类修改，是为了避免一个表达系统变成一个传达系统。因此，约瑟夫·K 被迫进行自我辩护，有其世俗的和社会的原因。它并非来自道德的乌有之地和万有之地；也不是来自天堂地狱，而是来自郊区的贫民窟。就是说，这里显然需要一个出身特权阶级的人来进行自我辩护。不管法院体系在卡夫卡特有的逻辑中事后会发生何种独立，我认为，如果不能时时刻刻保持素材意识，我们就会迷失在这个体系之中。因为，无论是资产阶级的银行生涯还是到无产阶级的楼顶阁楼法院，都不是偶然选择的结果。

最后我们简单地说说《城堡》。这部小说描写了一个引人瞩目的现象：主人公 K 的每一个行动都适得其反。频频采取行动的 K，不仅没有达到自己的目标，而且与自己的目标渐行渐远。就是说，他为争取在村庄的居住权而做的一切，其结果都是损害他的权利，都使他无望在村庄里获得自身的存在。有人毁了自己，只因他争取自己的基本人权；因为他说自己会这会那，所以很想在这里做这做那。我们不禁要问：怎么会出这样的事情？资产阶级大革命已经过去一百多年，而且还众所周知地取得了这样和那样的成果，这种否定性从何而来？克尔凯郭尔也许可以解答这一问题，但不是撰写反讽博士论文的克尔凯郭尔。欲以子之矛攻子之盾的日耳曼学者，都喜欢拿这篇论文来对付克尔凯郭尔博士，因为这位新晋博士是黑格尔的忠实学徒，他在博士论文中对我们的浪漫派作家横加挞伐。总之，能够解答上述问题的，是越来越把信仰问题变成语言问题的克尔凯郭尔。他从研究存在过渡到研究表达。宗教思想不可能得到直接的表达：这是他的体验。最重要的是：信仰没有肯定的语言形式。对于有伦理意识、对于有宗教信仰的人而言，内心和外在是互不兼容的，甚至是对立的。在克尔凯郭尔这里，反讽风格诞生于这场围绕宗教体验的表达而进行的斗争。他说过，他的时代之不幸，在于"它获得了太多的知识"，就是说，实证知识太多。"这个时代忘记了存在，忘记了什么是内心性。在这种情况下，我们祈盼言者懂得如何对其言说内容进行精简。为此，令人困惑的对立形式恰恰可以派上用场。"[12]克尔凯郭尔举例说明他所主张的对立形式，而这正是他的反讽："如果一个人嘴里的东西塞得太满，造成他嚼不了也吞不下，最终被活活饿死，那么，现在要让他吃到精神食粮，就只有两个办法：要么继续往他嘴里塞东西，要么少塞点东西。"[13]他在博士论文里已经把这描述为反讽的任务，只是没有这么生动具体[14]。克尔凯郭尔现在说："直接讲述（平铺直叙）行不通，因为它面对的是一个知识的接受者而非一个存在者。"[15]所以我们需要非直接讲述（曲里拐弯）。所以我们需要"对抗形式"："我的特色做法在于言谈的对抗性，绝非在于也许很新颖的辩证联系。由此，我们可以更加清楚地看到问题所在；我的创新，首先并且绝对是对抗形式。"[16]现在他在一本书里谈到"严肃"和"反讽"："有反讽在场，并不意味着严肃被排除。"反讽不接受调解。正因如此，反讽是他的表达方式。在《非科学的结语》的第二部分，他走得更远，就像在博士论文中那样，他再次把符合其阶级特征的反讽家与他的反讽分离开来（"他们没有反讽，因为他们的反讽只是高人一等的幻觉"）。他批评这类反讽家存在一个致命缺陷："他们的反讽，只是在某个假设前提下的游戏，他们不能把自身理解为反讽，其非人道性质由此可见一斑。"[17]

克尔凯郭尔说："反讽是对存在的规定。"[18] 他在信仰的清
晰性展示他的实践："信仰的确定性在信仰的不确定性中得
到辨认，信仰的明晰是一切明晰中最高的明晰，这一明晰
就成为所有明晰性中最具反讽的明晰。"[19] 在此，对抗形式
已经完全变成内容。前面（《非科学的结语》第二部分，第
139 页）他已经阐述了他的对立思维："行动现在恰好可以
作为受动的对立面出现，因此，如果说存在的激情（它在行
动）的本质表达是受动，就会显得很奇怪。事实上这只是看
似如此，在此可以看出宗教世界的标志是什么，这就是：肯
定存在通过否定存在（又译：实际存在）得到辨识，宗教行
动通过受动得到辨识。"他还在一个脚注中写道："天启在秘
密中得到辨识。"由此，我们回到了罗伯特·瓦尔泽和弗兰
茨·卡夫卡的反讽风格。回到否定的自我意识。抵达了"否
定神学"（Theologia negativa）①。

马塞尔·赖希-拉尼茨基在他撰写的《捣乱者：德语文
学中的犹太人》引了革舜·肖勒姆的一段话。肖勒姆说，对
于犹太人，作为肯定存在（Positivum）的天启已不复存在。

_____

① 对于书写反讽的反讽作家，显然存在一道迈不过去的坎儿。为此，我们有
必要在此提醒读者注意一个事实，即克尔凯郭尔（在《非科学的结语》的
第一部分第 271 页）写了一句套话，它跟诺瓦利斯豁然开朗之后在《独
白》的结尾所写的一句套话如出一辙——当时诺瓦利斯发现自己的书写
恰恰远离被自己誉为唯一能够开花结果那种精神；克尔凯郭尔为自己进
行开脱的套话是这么表述的："说到我对思想表达所发表的偏离初衷的观
点，我曾灵光一现，自问有关需要间接表达的思想是否可以进行直接表
达。"——原注

索伦·克尔凯郭尔   哥本哈根皇家博物馆藏

人们通过秘密辨认克尔凯郭尔所说的天启。肖勒姆把这称为"否定神学"。我认为，这不仅仅是犹太神学发展的结果。赖希-拉尼茨基从卡夫卡的日记中引了一句话来证明犹太人自我意识。我认为这句话印证了我的看法。卡夫卡写道："我和犹太人有何共同之处？我和我自己几乎都没有什么共同之处，我真应该悄悄地找个角落老实待着，同时暗自庆幸自己在这角落里还能正常呼吸。"[20] 这不就是雅各布·冯·贡腾所追求的逆来顺受的尊严吗？他想把这种尊严学到手，以免日后因受人贬损受到伤害。我认为，这是一种反自我意识，一种否定的身份认同。这种身份认同与犹太人作为少数族裔的生活体验有关，但它也是小资产阶级的生活体验。赖希-拉尼茨基还引述了卡夫卡在给米伦娜的信中有关他是西欧犹太人中最具西欧犹太人特色那句话："夸张地说，这意味着我没得到片刻的安宁的馈赠，我没得到任何馈赠，什么都是辛苦换来的，不仅是现在和未来，也包括过去，一种也许是每个人的天生的馈赠……"[21] 不——我们在这已经展示过一两回——让·保罗和罗伯特·瓦尔泽同样没有什么天生的馈赠，不管是过去还是现在和将来。我请大家回忆一下让·保罗的名言：现在是为胃准备的，过去无非是一个住满遇害者的现在。让·保罗说他只有未来，只有想象或者说长篇小说。资产阶级的解放革命过了一百多年，还在小说中对这种否定身份表示赞同，这种赞同导致反讽风格的产生。人们常说，卡夫卡笔下流露出一种犹太人的自我仇恨，这种东西也作为小资产阶级的自我仇恨而存在。雅各布·冯·贡腾说：
我根本不尊重我的自我，我对它没有感觉⋯⋯我蔑视我整
个的思维能力。我们再引赖希-拉尼茨基书中的一句话，是
拉赫尔·瓦尔哈根 ① 说的："时时刻刻都必须为自己争取合
法地位，这是多么讨厌的事情！做犹太女人，这只能让人恶
心。"[22] 但是这种低度合法的生存促使威廉·迈斯特从当时
还处于弱势的阶级走向了贵族生涯；托尼奥·克吕格尔已经
不需要这些，他是业已获得主宰地位的阶级的一员。他不需
要这种否定的自我意识，也不需要与之相应的否定神学。根
据克尔凯郭尔——这绝对是他的判断和发现！——的观点，
"直接表达"在否定神学中再也行不通。人们最多可以接受
自己所见事情的反面，譬如："信仰的确定性在信仰的不确
定性中得到辨认⋯⋯"这字里行间的道理可能很浅显、很平
常、很直接。这就是：第一，信仰的确定性在信仰的不确定
性中得到辨认；第二，宗教中的肯定因素通过否定因素得到
辨认。信仰的明晰只能通过不明晰来体验。这些说法让我们
联想到苏格拉底的名言："我知道自己一无所知。"我们也可
能想起雅各布·冯·贡腾说的话：如果我们什么都不信，我
们就不可能知道自己多么卑微。肯定的事物只能通过否定的
事物得到辨认。所以我们需要否定性。就是说，约瑟夫·K
和 K 的否定性具有这一传统。K 有罪，因为他有良心，K 咎

---

① 拉赫尔·瓦尔哈根（Rahel Varnhagen，1771—1833），德国犹太人，知识
　分子与沙龙主持人。

由自取，所以他自杀，他没有良心就好了。《城堡》中的 K
相信，提出人权要求就够了，他可以住在村里。卡夫卡至
少在《城堡》中做了细致的区分，其中的素材我们不能忽
略：K 有可能变成村里的工人。第二章里写道："但他随后
就得死心塌地，不可能去别处。"如果他想把他学到的技能
即土地测量化为实践，他就会在这个环境中遇到最完美的否
定机制。如果是格里高尔·萨姆沙的故事，我们还可以说是
反比例关系；在 K 这里就不能这么说了。这里有一种完美
的正比例关系。我们应该再回忆一下《威廉·迈斯特的学习
时代》。在这本开先河的书里面，一切都是天造地设、相互
匹配。这里也有一个城堡机关在办公，但是这个城堡机关有
一种友好的、童话般的、精心呵护的功能。这世界多么美
好！多么赏心悦目！多么利于身心健康！多么目标明确！一
切都是多么地匹配！这类句子在小说中比比皆是。"我们遇
到的一切都会留下痕迹，一切都不知不觉地有助于我们成
长。"[23]小说铺开了一张无形的大网，一些最善良最智慧的
人在暗中辅佐威廉；如果威廉摔倒，他一定摔倒在某一个对
他最最有利的地点。在这本小说中，威廉必然毫发无损。大
家都知道娜塔莉亚这一女性形象在小说中是如何精心刻画出
来的；威廉可以随心所欲，但他不会失去她。她与威廉可谓
天造地设，她专事等待这个威廉，她不用做别的。哥哥罗
塔里奥对她说过："我相信，如果不是什么地方需要一个新
娘，你是不会结婚的……"[24]威廉需要她。在小说中，万事

万物都在彼此呼应。在距离迷娘死去还有一页纸的地方，娜塔莉亚指向一口小棺材，而这正是迷娘的灵柩。犹如眼皮旨在保护眼睛，万事万物都在彼此呼应；而且是积极应对。到了卡夫卡，则是一切和一切都互不相干。我是一道需要解开的题，解题的学生却不见踪影，他在日记中写道。资产阶级获得解放已有一百二十年的历史。其间发生了什么，致使城堡社会发生了如此巨变？这两个社会——塔社和城堡机关——倒是有个共性：二者都在幕后发挥作用；但这也只是表明一定发生了什么事情。塔社在幕后发挥作用，是为了保证威廉有良好的自我感觉；人们想让他有点成就感，不想让他变成一个单纯的木偶；如果他碰到那根木偶提线并提出抗议，操控者就会调整自身，然后谨慎行事。卡夫卡这里的情况恰好相反：这个体系擅长与人为敌，并且把这种炉火纯青的技艺普及到社会的方方面面，所以城堡不担任何责任，K不得不把失败归咎于自己。威廉可以把成绩算作自己的，K则必须把失败归咎于自己。K没有权利。小说已清楚地证明，他咎由自取，失去了他所没有的权利。这就是这本书的反讽。一百二十年前的一部小说，却有理有据地讲述了威廉如何有资格享受他与生俱来的权利。弗里德里希·施勒格尔说了，反讽悬浮在这部小说的上空。在整部小说的上方。时至今日，还不断有人说这是一部反讽小说。而我认为，《城堡》也是一部反讽小说。但就写法而言，两部小说的共性少得不能再少。我认为，将《威廉·迈斯特的学习时代》冠以反讽小说的理由不充分。反讽不是这部小说的美学品质。威廉虽然以贵族为楷模，想成为某个类型的反讽家，但他到了小说结尾才平步青云，具备了反讽家的资质。《威廉·迈斯特的学习时代》讲述了托马斯·曼笔下人物的孕育过程，但是他们尚未诞生。资产阶级反讽家在二十世纪才雄霸一方。他们几乎雄霸四方。他们的反讽把语言彻底变成了为自己服务的工具。他们的反讽专事供合法性。这种反讽取得了统治地位。另外一种反讽，即克尔凯郭尔的反讽、罗伯特·瓦尔泽的反讽、卡夫卡的反讽，不可能成为主宰；它不适合做主宰。正如黑格尔所说，它让大行其道者大行其道，仿佛它真的大行其道。但是它在绝望中尝试肯定现存事物，并由此指出现存事物的缺陷。这种文学手法的可信之处，在于其反讽在不由自主中发生。它并非来自某个计划、某种意图，它比最不由自主的滑稽还要不由自主。它允许更乐意批评和咒骂现存事物——看看《雅各布·冯·贡腾》、看看《城堡》就可以明白这个道理，不，它在内心深处被大行其道者彻底控制，所以它不得不尝试为大行其道者唱赞歌。我们可以从被大行其道者逼迫出来的赞歌听出是什么东西在大行其道。因为，如果受害者尝试赞同加害者，也许公众都会被这过程感动。反讽作家们的自我意识显然是被他们不得不遭受的痛苦控制的。就是说，他们的反讽完全来自他们尝试赞同的压倒一切的缺憾体验。它可以——因为它使出了浑身解数——引诱我们去表示赞同。然后我们就看见我们赞同了什么或者赞同了谁。如果一个人在特定的情况下倒下——这是雅各布的家常便饭，如果他一边倒下一边讴歌让他倒下的社会，反讽语调便油然而生。这种语调对现实的合法性（合理性）的质疑可能超过任何直接的批评。我认为，如果招惹了反讽，迄今还没有任何一种占统治地位的形式能够顺利过关。只要这个世界还在产生这种反讽，这一过程就继续下去，这种运动人们称之为辩证法。这场比赛还没有决出胜负。所以比赛也还没有结束。所有的决赛和决赛的决赛都可以给人一种感觉，仿佛有人把屋里搞得灯火通明，以证明普照大地的太阳已经落山。说到这，我可以退出反讽的战场，把阵地重新让给另外一种反讽。人家是时代的主宰。

谢谢大家！

注　释 ①

1. 现实中的浪漫反讽

1　Friedrich Schlegel，*Schriften zur Literatur*，hrsg. von
　　Wolfdietrich Rasch，München 1972，S. 45f.

2　Fr. Schlegel，a.a.O.，S. 123.

3　Ebenda.

4　Fr. Schlegel，a.a.O.，S. 128.

5　Ebenda.

6　Fr. Schlegel，a.a.O.，S. 130.

7　Ebenda.

8　Fr. Schlegel，a.a.O.，S. 131.

9　Fr. Schlegel，a.a.O.，S. 138.

10　Fr. Schlegel，a.a.O.，S. 165.

11　Fr. Schlegel，a.a.O.，S. 167.

12　Fr. Schlegel，a.a.O.，S. 185.

---

① 　译文所涉及的尾注、脚注及图表由我的学生何凤仪编辑。费希特译文全部
　　引自梁志学先生编译的《费希特文集》。相关的注释和校对工作由北京大
　　学中国政治学研究中心博士后李牧今完成。

13   Ebenda.

14   Fr. Schlegel，a.a.O.，S. 186.

15   Fr. Schlegel，a.a.O.，S. 198 u. 195.

16   Fr. Schlegel，a.a.O.，S. 200.

17   Fr. Schlegel，a.a.O.，S. 196.

18   Fr. Schlegel，a.a.O.，S. 197.

19   Fr. Schlegel，a.a.O.，S. 193.

20   Georg Forster，*Werke in vier Bänden*，hrsg. von Gerhard
     Steiner，Frankfurt 1967，Bd. III，S. 739.

21   G. Forster，a.a.O.，Bd. III，S. 773.

22   G. Forster，a.a.O.，Bd. III，S. 736.

23   Marx/Engels，*Werke*，Berlin 1970，Bd. 27，S. 419.

24   G. Forster，a.a.O.，Bd. IV，S. 193.

25   G. Forster，a.a.O.，Bd. IV，S. 166.

26   *Briefe der Weltliteratur*，hrsg. von Kurt Fassmann，*Deutsche
     Romantiker*，München 1964，S. 29.

27   *Briefe*，a.a.O.，S. 86 ff.

28   Walter Benjamin，*Gesammelte Schriften*，Frankfurt 1974，
     S. 81 f.

29   Ingrid Strohschneider-Kohrs，*Die romantische Ironie in
     Theorie und Gestaltung*，Tübingen 1977，S. 70.

30   Fr. Schlegel，a.a.O.，S. 266.

31   Fr. Schlegel，a.a.O.，S. 270.

32   Ebenda.

33 Johann Wolfgang Goethe, *Gedenkausgabe*, Bd. 7, hrsg. von Ernst Beutler und Wolfgang Baumgart, Zürich 1962, S. 239.

34 Fr. Schlegel, a.a.O., S. 7.

35 Fr. Schlegel, a.a.O., S. 12.

36 Ernst Behler, *Klassische Ironie*, *Romantische Ironie*, *Tragische Ironie*, Darmstadt 1972, S. 18.

37 Ebenda.

38 Georg Wilhelm Friedrich Hegel, *Werke in zwanzig Bänden*, hrsg. von E. Moldenhauer und K. M. Michel, Frankfurt 1970, Bd. 11, S. 255f.

39 Sören Kierkegaard, *Über den Begriff der Ironie. Mit ständiger Rücksicht auf Sokrates.* Deutsch von H. H. Schaeder, München und Berlin 1929, S. 225.

40 Fr. Schlegel, a.a.O., S. 13.

41 Fr. Schlegel, a.a.O., S. 21.

42 Fr. Schlegel, a.a.O., S. 50.

43 Fr. Schlegel, a.a.O., S. 59.

44 Fr. Schlegel, a.a.O., S. 52.

45 Fr. Schlegel, a.a.O., S. 39

46 Fr. Schlegel, a.a.O., S. 253.

47 Fr. Schlegel, a.a.O., S. 303.

48 Fr. Schlegel, a.a.O., S. 317.

49 Fr. Schlegel, a.a.O., S. 336

50 Novalis, *Schriften*, 3. Bd., *Das philosophische Werk II*, hrsg. von Richard Samuel, Stuttgart 1960, S. 379.

51 G. W. F. Hegel, a.a.O., Bd. 18, S. 443.

52 G. W. F. Hegel, a.a.O., Bd. 18, S. 444.

53 G. W. F. Hegel, a.a.O., Bd. 18, S. 445.

54 G. W. F. Hegel, a.a.O., Bd. 18, S. 449.

55 Johann Gottlieb Fichte, *Erste und zweite Einleitung in die Wissenschaftslehre*, hrsg. von Fritz Medicus, Hamburg 1967, S. 53.

56 J. G. Fichte, *Einleitung*, a.a.O., S. 54.

57 J. G. Fichte, *Einleitung*, a.a.O., S. 53.

58 J. G. Fichte, *Grundlage der gesamten Wissenschaftslehre*, Hamburg 1970, S. 137.

59 J. G. Fichte, *Wissenschaftslehre*, a.a.O., S. 17.

60 J. G. Fichte, *Einleitung*, a.a.O., S. 48.

61 J. G. Fichte, *Einleitung*, a.a.O., S. 49.

62 J. G. Fichte, *Einleitung*, a.a.O., S. 52 f.

63 G. W. F. Hegel, *Werke*, a.a.O., Bd. 18, S. 458.

64 G. W. F. Hegel, *Werke*, a.a.O., Bd. 18, S. 460.

65 Ebenda.

66 G. W. F. Hegel, *Werke*, a.a.O., Bd. 18, S. 461.

67 G. W. F. Hegel, *Werke*, a.a.O., Bd. 18, S. 503.

68　G. W. F. Hegel，*Werke*，a.a.O.，Bd. 18，S. 496 f.

69　J. G. Fichte，*Einleitung*，a.a.O.，S. 95.

70　Novalis，*Schriften*，a.a.O.，S. 383.

71　J. G. Fichte，*Wissenschaftslehre*，a.a.O.，S. 20.

72　J. G. Fichte，*Wissenschaftslehre*，a.a.O.，S. 60.

73　J. G. Fichte，*Wissenschaftslehre*，a.a.O.，S. 16.

74　J. G. Fichte，*Wissenschaftslehre*，a.a.O.，S. 17.

75　Ebenda.

76　J. G. Fichte，*Wissenschaftslehre*，a.a.O.，S. 51.

77　J. G. Fichte，*Wissenschaftslehre*，a.a.O.，S. 56.

78　J. G. Fichte，*Wissenschaftslehre*，a.a.O.，S. 57.

79　J. G. Fichte，*Wissenschaftslehre*，a.a.O.，S. 60.

80　Ebenda.

81　J. G. Fichte，*Wissenschaftslehre*，a.a.O.，S. 65.

82　J. G. Fichte，*Wissenschaftslehre*，a.a.O.，S. 73.

83　J. G. Fichte，*Wissenschaftslehre*，a.a.O.，S. 134.

84　J. G. Fichte，*Wissenschaftslehre*，a.a.O.，S. 134 f.

85　J. G. Fichte，*Wissenschaftslehre*，a.a.O.，S. 136.

86　J. G. Fichte，*Wissenschaftslehre*，a.a.O.，S. 137.

87　J. G. Fichte，*Wissenschaftslehre*，a.a.O.，S. 145.

88　Ebenda.

89　Ebenda.

90　Ebenda.

91 Ebenda.

92 J. G. Fichte, *Wissenschaftslehre*, a.a.O., S. 147.

93 J. G. Fichte, *Wissenschaftslehre*, a.a.O., S. 148.

94 J. G. Fichte, *Wissenschaftslehre*, a.a.O., S. 151.

95 J. G. Fichte, *Wissenschaftslehre*, a.a.O., S. 152.

96 J. G. Fichte, *Wissenschaftslehre*, a.a.O., S. 160.

97 Ebenda.

98 J. G. Fichte, *Wissenschaftslehre*, a.a.O., S. 161.

99 J. G. Fichte, *Wissenschaftslehre*, a.a.O., S. 162.

100 Ebenda.

101 J. G. Fichte, *Wissenschaftslehre*, a.a.O., S. 163.

102 J. G. Fichte, *Wissenschaftslehre*, a.a.O., S. 164.

103 J. G. Fichte, *Wissenschaftslehre*, a.a.O., S. 244.

104 Fr. Schlegel, a.a.O., S. 138.

105 Fr. Schlegel, a.a.O., S. 123.

106 Fr. Schlegel, a.a.O., S. 336.

107 J. G. Fichte, *Einleitung*, a.a.O., S. 87.

108 Fr. Schlegel, a.a.O., S. 50.

109 Fr. Schlegel, a.a.O., S. 53.

110 Fr. Schlegel, a.a.O., S. 270.

111 Fr. Schlegel, a.a.O., S. 37 f.

112 *Fichte in vertraulichen Briefen seiner Zeitgenossen.*
    Gesammelt und herausgegeben von H. Schulz, Leipzig

1923, S. 16.

113 J. G. Fichte, *Einleitung*, a.a.O., S. 93.

114 Fr. Schlegel, a.a.O., S. 11.

115 Fr. Schlegel, a.a.O., S. 303.

116 Fr. Schlegel, a.a.O., S. 69.

117 *Athenaeum*, ausgewählt und bearbeitet von C. Grützmacher, Hamburg 1969, I, S. 57.

118 *Athenaeum*, a.a.O., I. S. 54.

119 G. W. F. Hegel, *Werke*, a.a.O., Bd. 20, S. 400.

120 *Fichte in vertraulichen Briefen*, a.a.O., S. 95.

121 J. G. Fichte, *Einleitung*, a.a.O., S. 79.

122 G. W. F. Hegel, *Werke*, a.a.O., Bd. 20, S. 416.

123 Fr. Schlegel, *Lucinde*, Frankfurt 1964, S. 8.

124 Thomas Mann, *Sämtliche Erzählungen*, Frankfurt 1963, S. 216.

125 Th. Mann, *Sämtliche Erzählungen*, a.a.O., S. 227.

126 Fr. Schlegel, *Lucinde*, a.a.O., S. 29.

127 Th. Mann, *Sämtliche Erzählungen*, a.a.O., S. 265.

128 Fr. Schlegel, *Lucinde*, a.a.O., S. 6.

129 Fr. Schlegel, *Lucinde*, a.a.O., S. 7.

130 S. Kierkegaard, *Über den Begriff der Ironie*, a.a.O., S. 250 f.

131 S. Kierkegaard, *Über den Begriff der Ironie*, a.a.O., S. 254.

132 S. Kierkegaard, *Über den Begriff der Ironie*, a.a.O., S. 273 f.

133 S. Kierkegaard, *Über den Begriff der Ironie*, a.a.O., S. 274.

134 Novalis, *Schriften*, a.a.O., S. 335.

135 Novalis, *Schriften*, a.a.O., S. 385.

136 J. G. Fichte, *Einleitung*, a.a.O., S. 10.

137 Ebenda.

138 J. G. Fichte, *Wissenschaftslehre*, a.a.O., S. 220.

139 J. W. Goethe, a.a.O., S. 312.

140 J. G. Fichte, *Einleitung*, a.a.O., S. 94.

141 J. G. Fichte, *Briefwechsel*, hrsg. von H. Schulz, Leipzig 1930, Reprint Hildesheim 1967, Bd. I, S. 449.

142 J. G. Fichte, *Briefwechsel*, a.a.O., Bd. II, S. 54.

143 J. G. Fichte, *Briefwechsel*, a.a.O., Bd. II, S. 55.

144 *Der Briefwechsel zwischen Schiller und Goethe*, hrsg. von Emil Staiger, Frankfurt 1996, S. 717.

145 G. E. Lessing, *Ernst und Falk. Mit den Fortsetzungen J. G. Herders und Fr. Schlegels*, hrsg. von J. Contiades, Frankfurt 1968, S. 87.

146 Fr. Schlegel, *Studien zur Geschichte und Politik*, VII. Bd., München, Paderborn, Wien 1966, S. LXXXIV.

147 Fr. Schlegel, *Studien zur Geschichte*, a.a.O., S. XCVIII.

148 Fr. Schlegel, *Studien zur Geschichte*, a.a.O., S. CXI u.

CXIII.

149 Fr. Schlegel, *Studien zur Geschichte*, a.a.O., S. 467.

150 Adam Müller, *Kritische ästhetische und philosophische Schriften*, hrsg. von H. Schroeder und W. Siebert, Neuwied u. Berlin 1967, Bd. I, S. 234 f.

151 A. Müller, *Schriften*, a.a.O., Bd. II, S. 198.

152 A. Müller, *Schriften*, a.a.O., Bd. II, S. 303.

153 A. Müller, *Schriften*, a.a.O., Bd. II, S. 197 f. (Siehe auch *Schriften*, Bd. I., SS. 105; 117; 125; 128)

154 Fr. Schlegel im *Athenaeum* (*Schriften*, a.a.O., S. 45) : »Die vollkommene Republik müßte nicht bloß demokratisch, sondern zugleich auch aristokratisch und monarchisch sein... «

155 A. Müller, *Schriften*, a.a.O., Bd. I, S. 99.

156 A. Müller, *Schriften*, a.a.O., Bd. II, S. 237.

157 A. Müller, *Schriften*, a.a.O., Bd. II, S. 347.

158 G. W. F. Hegel, *Werke*, a.a.O., Bd. 11, S. 233.

159 G. W. F. Hegel, *Werke*, a.a.O., Bd. 11, S. 234.

160 G. W. F. Hegel, *Werke*, a.a.O., Bd. 20, S. 256.

161 Th. Mann, *Lotte in Weimar*, Berlin 1947, S. 371.

162 Th. Mann, *Lotte*, a.a.O., S. 97.

163 Th. Mann, *Schriften und Reden zur Literatur, Kunst und Philosophie*, Frankfurt 1968, Bd. II, S. 79.

2. 此反讽非彼反讽

1 J. G. Fichte, *Briefwechsel*, a.a.O., Bd. I, S. 449 f.

2 J. G. Fichte, *Briefwechsel*, a.a.O., Bd. II, S. 103.

3 S. Kierkegaard, *Über den Begriff der Ironie*, a.a.O., S. 219.

4 A. Müller, *Schriften*, a.a.O., Bd. II, S. 442.

5 Da die Erzählung so kurz, also leicht überschaubar ist, wird auf Angabe der Seitenzahlen verzichtet.

6 J. W. Goethe, *Gedenkausgabe*, a.a.O., Bd. II, S.34.

7 Th. Mann, *Betrachtungen eines Unpolitischen*, Berlin 1918, S. 71.

8 Ebenda.

9 Ebenda.

10 Th. Mann, *Betrachtungen*, a.a.O., S. 56.

11 Th. Mann, *Betrachtungen*, a.a.O., S. 56 f.

12 Th. Mann, *Betrachtungen*, a.a.O., S. 57.

13 Reinhard Baumgart, *Das Ironische und die Ironie in den Werken Thomas Manns*, München 1964, S. 114.

14 Erich Heller, *Thomas Mann. Der ironische Deutsche*, Frankfurt 1959, S. 68.

15 R. Baumgart, a.a.O., S. 115.

16 Th. Mann, *Betrachtungen*, a.a.O., S. 73.

17 Th. Mann, *Betrachtungen*, a.a.O., S. 78.

18 Th. Mann, *Betrachtungen*, a.a.O., S. 83.

19 Ebenda.

20 Ebenda.

21 Th. Mann, *Betrachtungen*, a.a.O., S. 587.

22 Th. Mann, *Betrachtungen*, a.a.O., S. 588.

23 Th. Mann, *Betrachtungen*, a.a.O., S. 75.

24 Th. Mann, *Betrachtungen*, a.a.O., S. 591.

25 Th. Mann, *Betrachtungen*, a.a.O., S. 592.

26 Ebenda.

27 Ebenda.

27a Ebenda.

28 Th. Mann, *Betrachtungen*, a.a.O., S. 593.

29 Th. Mann, *Betrachtungen*, a.a.O., S. 593: Vgl. dazu Würde, Gediegenheit und Behagen, S. 83.

30 Th. Mann, *Betrachtungen*, a.a.O., S. XXVIII.

31 Th. Mann, *Betrachtungen*, a.a.O., S. XXVII.

32 Fr. Schlegel, *Schriften*, a.a.O., S. 11.

33 Th. Mann, *Betrachtungen*, a.a.O., S. XXVIII.

34 Ulrich von Hutten, *Deutsche Schriften*, S. 334.

35 Jean Paul, *Werke*, München 1970, Bd. I, S. 1019.

36 Robert Walser, *Das Gesamtwerk*, hrsg. von Jochen Greven, Frankfurt 1978, Bd. VI, S. 68.

37 J. W. Goethe, *Gedenkausgabe*, a.a.O., Bd. VII, S. 313.

38 J. W. Goethe，*Gedenkausgabe*，a.a.O.，Bd. VII，S. 312.

39 J. W. Goethe，*Gedenkausgabe*，a.a.O.，Bd. VII，S. 313.

40 J. W. Goethe，*Gedenkausgabe*，a.a.O.，Bd. VII，S. 312.

41 J. W. Goethe，*Gedenkausgabe*，a.a.O.，Bd. VII，S. 535.

42 J. W. Goethe，*Gedenkausgabe*，a.a.O.，Bd. VII，S. 536.

43 Ebenda.

44 Th. Mann，*Betrachtungen*，a.a.O.，S. XXVIII.

45 Ebenda.

3. 虚无是怎样炼成的

1 Th. Mann，*Lotte in Weimar*，a.a.O.，S. 97.

2 Th. Mann，*Lotte in Weimar*，a.a.O.，S. 371.

3 Th. Mann，*Schriften*，a.a.O.，Bd. II，S. 79.

4 R. Walser，*Werke*，Bd. VI，a.a.O.，S. 89 f.

5 R. Walser，*Werke*，Bd. VI，a.a.O.，S. 144.

6 R. Walser，*Werke*，Bd. VI，a.a.O.，S. 125.

7 R. Walser，*Werke*，Bd. VI，a.a.O.，S. 7.

8 Ebenda.

9 R. Walser，*Werke*，Bd. VI，a.a.O.，S. 8.

10 Ebenda.

11 Ebenda.

12 Ebenda.

13　R. Walser, *Werke*, Bd. VI, a.a.O., S. 18.

14　R. Walser, *Werke*, Bd. VI, a.a.O., S. 19.

15　R. Walser, *Werke*, Bd. VI, a.a.O., S. 20.

16　Ebenda.

17　R. Walser, *Werke*, Bd. VI, a.a.O., S. 21.

18　R. Walser, *Werke*, Bd. VI, a.a.O., S. 22.

19　R. Walser, *Werke*, Bd. VI, a.a.O., S. 26.

20　R. Walser, *Werke*, Bd. VI, a.a.O., S. 42.

21　R. Walser, *Werke*, Bd. VI, a.a.O., S. 43.

22　Jean Paul, *Werke*, Bd. V, München 1967, S. 471.

23　R. Walser, *Werke*, Bd. VI, a.a.O., S. 53.

24　R. Walser, *Werke*, Bd. VI, a.a.O., S. 55.

25　R. Walser, *Werke*, Bd. IV, a.a.O., S. 65-68.

26　S. Kierkegaard, *Über den Begriff der Ironie*, a.a.O., S. 205.

27　S. Kierkegaard, *Über den Begriff der Ironie*, a.a.O., S. 207.

28　Ebenda.

29　Jean Paul, *Werke*, a.a.O., Bd. I, S. 927.

30　Jean Paul, *Werke*, a.a.O., Bd. I, S. 1018.

31　Th. Mann, *Betrachtungen*, a.a.O., S. 587.

32　Jean Paul, *Werke*, a.a.O., Bd. I, S. 994.

33　Jean Paul, *Werke*, a.a.O., Bd. I, S. 714 f. (Weitere
　　Ironiker-Stellen S.526; 539; 811; 899; 993; 994; 1161;
　　1193; 1197; 1202; 1215)

34 Jean Paul, *Werke*, a.a.O., Bd. I, S. 1019.

35 Th. Mann, *Lotte in Weimar*, a.a.O., S. 104. （Schon in der Goethe-Rede so probiert:»Seine eigentliche Herzensneigung ist, den Menschen etwas zuliebe zu tun«; *Schriften*, a.a.O., Bd. II, S. 67.）

36 R. Walser, *Werke*, Bd. VI, a.a.O., S. 68.

37 R. Walser, *Werke*, a.a.O., S. 56.

38 R. Walser, *Werke*, a.a.O., S. 63.

39 R. Walser, *Werke*, a.a.O., S. 64.

40 R. Walser, *Werke*, a.a.O., S. 69 （von mir gesperrt）.

41 R. Walser, *Werke*, a.a.O., S. 92-93.

42 R. Walser, *Werke*, a.a.O., S. 72-83.

43 R. Walser, *Werke*, a.a.O., S. 37-38.

44 Novalis, *Gedanken*, Wuppertal 1937, S. 94-95.

45 R. Walser, *Werke*, a.a.O., S. 122-124.

46 J. W. Goethe, *Gedenkausgabe*, a.a.O., S. 59.

47 R. Walser, *Werke*, a.a.O., S. 125.

48 R. Walser, *Werke*, a.a.O., S. 127-130.

49 Th. Mann, *Lotte in Weimar*, a.a.O., S. 100.

50 Fr. Schlegl, *Schriften*, a.a.O., S. 13.

51 Th. Mann, *Lotte in Weimar*, a.a.O., S. 100.

52 R. Walser, *Werke*, a.a.O., S. 110.

53 Jean Paul, *Werke*, a.a.O., Bd. I, S. 1135.

54　R. Walser，*Werke*，a.a.O.，S. 144 f.

55　R. Walser，*Werke*，a.a.O.，S. 158-161.

4. 纯粹的反讽

1　Jean Paul，*Werke*，a.a.O.，Bd. I，S. 509.

2　这个故事通俗易懂，故没有注明页码。

3　Walter H. Sokel，*Franz Kafka. Tragik und Ironie*，Frankfurt 1976，S. 110.

4　Walter H. Sokel，a.a.O.，S. 110 f.

5　Walter H. Sokel，a.a.O.，S. 111.

6　S. Kierkegaard，*Über den Begriff der Ironie*，a.a.O.，S. 218 f.

7　J. W. F. Hegel，*Werke*，a.a.O.，Bd. 18，S. 460.

此处的"图表"只为了论证一个观点：即是格里高尔每一次维持人类状态的尝试不断被环境证实了他的动物性：从1到10的顶点都是人类身份认同度陡降的拐点。当然，每一次下降后，人类自我认同度的最高点会逐渐降低。格里高尔只有通过自杀而死，才能永远实现绝对的飞跃：他会被看作儿子和兄长。

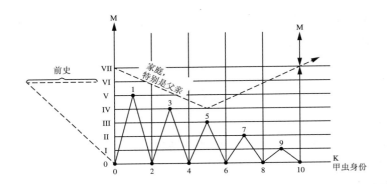

A.（～-0）在故事背景中，格里高尔在赚钱的过程中逐渐异化。醒来变成了一只甲虫。本应去工作。

↑（0-1）他询问：发生了什么？他像人类一样询问着自身的处境：他仍坚持着自我。

↓（1-2）在家人面前局促不安。在公司监理面前感到恐惧：他想要自我辩护，但监理即刻断言：这是动物的声音。

↑（2-3）叫来了医生和锁匠。格里高尔寄希望于救援。

↓（3-4）看到他时，家人与监理惊恐万分，变形记得以证实，他们肯定了这一点。父亲将格里高尔驱逐回房。

B. ↑（4-5）格里高尔听见家里没有钱了。这是他的过错。他无法再工作；"他因羞愧和悲痛急躁不安"。仿佛是他为了逃避工作，故意变成了甲虫。这种羞耻心证明了他作为人的自我认同。对于甲虫身份的否定。

↓（5-6）妹妹辛勤地照顾着他，但异化逐渐增加：她不再能忍受与他"在窗户紧闭的房间中独处一室"。想用沙发布遮盖。

↑（6-7）他的家具应全部搬出，以便他更好地爬行。他表示反对，没有家具就意味着他作为人类的过去将很快被遗忘。

↓（7-8）父亲用苹果轰击了他（"仍旧是父亲"：变形记的反转）。将他赶回了房间。

C.（8-9）接受了他的处境：一只甲虫，但也是一个人。一个虽未工作但仍想参与家庭生活的人：在夜晚，他的房门被打开之时。但在他第一次听到妹妹拉小提琴时，租客看到了他并宣明了他的身份。"这是一只如此沉醉于音乐的动物吗？"在这样纯粹反讽的句子中，他向对于消极身份认同的肯定发起了挑战。

（9-10）因他试图驱逐租客，他被妹妹公然称为动物："它"。他因此濒死。只能将自己拖拽上楼。

（10-～）他让自己黯然离世，由此又重新获得了完整的人类的身份认同。他作为儿子和兄长被悼念。一切又秩序井然。纯粹的反讽。

5. 自我意识与反讽

1　Jean Paul, *Werke*, Bd. V, a.a.O., S. 85.

2　J. G. Fichte, *Einleitungen*, a.a.O., S. 9.

3　Erich H. Erikson, *Identität und Lebenszyklus*, Frankfurt 1973, S. 147.

4　R. Walser, *Werke*, a.a.O., S. 52.

5　Th. Mann, *Der Zauberberg*, Berlin 1925, Bd. 1, S. 61.

6　Th. Mann, *Der Zauberberg*, a.a.O., Bd. 1, S. 59.

7　Th. Mann, *Der Zauberberg*, Berlin 1925, Bd. 2, S. 514.

8　Fjodor M. Dostojewski, *Aus dem Dunkel der Großstadt*, München 1921, S. 6.

9　F. M. Dostojewski, *Aus dem Dunkel der Großstadt*, a.a.O., S. 8.

10　F. M. Dostojewski, *Aus dem Dunkel der Großstadt*, a.a.O., S. 26.

11　E. H. Erikson, *Identität und Lebenszyklus*, a.a.O., S. 170.

12　S. Kierkegaard, *Abschließende Unwissenschaftliche Nachschrift zu den Philosophischen Brocken*, Gesammelte Werke, 16. Abteilung, Düsseldorf/Köln 1957, 1. Teil, S. 257.

13　S. Kierkegaard, *Abschließende Unwissenschaftliche Nachschrift*, a.a.O., S. 271.

14　S. Kierkegaard, *Über den Begriff der Ironie*, a.a.O., S. 274. Zitiert auf S. 59 in der ersten Vorlesung über »Romantische Ironie in Wirklichkeit«.

15　S. Kierkegaard, *Abschließende Unwissenschaftliche Nachschrift*, a.a.O., S. 269.

16　S. Kierkegaard, ebenda, S. 273 f.

17　S. Kierkegaard, ebenda, 2. Teil, S. 211 f.

18　S. Kierkegaard, ebenda, 2. Teil, S. 213.

19　S. Kierkegaard, ebenda, 2. Teil, S. 215 f.

20　M. Reich-Ranicki, a.a.O., S. 24.

21　Ebenda.

22　M. Reich-Ranicki, a.a.O., S. 32.

23　J. W. Goethe, *Gedenkausgabe*, a.a.O., S. 454.

24　J. W. Goethe, *Gedenkausgabe*, a.a.O., S. 606.